Stephan de Groote

# Sava und andere fantastische Erzählungen

novum ◢ pro

www.novumverlag.com

Bibliografische Information
der Deutschen Nationalbibliothek:

Die Deutsche Nationalbibliothek
verzeichnet diese Publikation in
der Deutschen Nationalbibliografie.
Detaillierte bibliografische Daten
sind im Internet über
http://www.d-nb.de abrufbar.

Gedruckt in der Europäischen Union
auf umweltfreundlichem, chlor- und
säurefrei gebleichtem Papier.

© 2023 novum Verlag

ISBN 978-3-99131-989-4
Lektorat: Mag. Dr. Angelika Moser
Umschlagfoto: Svetlana Mandrikova |
Dreamstime.com
Umschlaggestaltung, Layout & Satz:
novum Verlag

**www.novumverlag.com**

**Climate neutral**
Print product
ClimatePartner.com/16547-2201-1002

*Für meine Schwester Christine*
*und meine Nichte Juliane*

*Dem Andenken an meinen Neffen Christian*

# Inhaltsverzeichnis

# Sava

Spät abends in der Kneipe sagte mir Eduard, schon schwer betrunken, dass er noch in dieser Nacht eine Schwelle überschreiten und in eine andere Dimension eintreten wird. Ich gab nichts auf sein besoffenes Gerede. Aber am nächsten Tag war er verschwunden. Seine Schwester, die ihn manchmal besuchte und einen Zweitschlüssel zum Blumengießen hatte, fand die Wohnung leer und sein Bett unbenutzt. Auch eine Vermisstenmeldung bei der Polizei am Tag darauf erbrachte keine Ergebnisse. Man deutete uns an, dass er vielleicht auf einer Sauftour wäre, aber länger als zwei, drei Tage haben die bei ihm nie gedauert. „Vielleicht sollten wir einmal in seiner Wohnung nach Anhaltspunkten suchen", schlug ich seiner Schwester vor. Sie nickte. In seinem spartanisch eingerichteten Appartement fanden wir nichts, was uns Hinweise auf seinen Verbleib hätte geben können, außer ein paar Kladden in einer Schublade. Tagebücher. Ich mag es nicht, in intime Geheimnisse anderer einzudringen, auch wenn es die meines besten Freundes sind. Aber dies hier schien mir ein Notfall zu sein. Seine Schwester sah dies auch so. Also nahm ich mir den letzten Band mit, der nach den Datumsangaben die Monate vor seinem Verschwinden behandelte.

Nichts Besonderes zunächst. Alltagsbeobachtungen, humoristische Betrachtungen, für die er einen Sinn hatte, ein, zwei flüchtige Beziehungen, der eine oder andere Alkoholexzess, sein unsäglich stumpfsinniger Chef, Mosaikteilchen eines Lebens. Gerührt las ich, dass er mich an einer Stelle seinen „guten alten Kumpel" nannte, mit dem er alles, wirklich alles teilen würde.

Die folgenden Eintragungen waren so merkwürdig, dass ich sie hier wörtlich wiedergebe.

13. Mai. Über den Flohmarkt geschlendert. Nichts gekauft, außer der kleinen Statue einer rachsüchtigen heidnischen Göttin, weil sie mich an meine Ex erinnerte. Danach ein paar aufmunternde Getränke im Biergarten zu mir genommen. An solchen milden Frühlingstagen ist das Leben eine Lust. Man möchte es den Vöglein gleichtun und nur noch zwitschern und das tat ich dann wohl auch den Rest des Tages.

14. Mai. Einen verwirrenden, aber auch berauschenden Traum gehabt. Plötzlich stand sie vor mir, bestürzend schön, sodass es mich fast umgeworfen hätte, wie die von einer pfeilschnellen Kugel getroffenen neun Bowlingkegel. Der slawische oder vielleicht eher mongolische Typ mit grünen Mandelaugen, hohen Wangenknochen und sehr dichtem, dunklem Haar in Dreadlocks, die wie die Fangarme einer Meduse um ihr Haupt wallten. Und mit sehr heller, fast weißer Gesichtshaut, die mit ihrem knallroten Lippenstift kontrastierte, was in mir den sehnlichen Wunsch entfachte, sie zu küssen. Sie hieße Sava und käme aus den schwarzen und undurchdringlichen Wäldern Wolhyniens, wo nie ein Lichtstrahl bis zum Boden durchdringt, schon unermesslich lange bevor diese Scharlatane, die Monotheisten − sie spuckte das Wort förmlich aus und entblößte dabei spitze Eckzähne − alles verhunzten und in ihren Schmutz zogen, aber ihre Herrschaft über die Welt habe nie geendet.

Im Büro stand mir dieser Traum den ganzen Tag vor den Augen. Hab wohl bei der Arbeit nichts zustande gebracht bzw. nur Scheiß gebaut, die Kollegen schauten mich komisch an. Kommt vor, solche Tage gibt es.

15. Mai. Sava ist mir wieder im Traum begegnet. Sie musterte mit Kennermiene die Buchtitel und CDs in meinem Regal. Manches gefiel ihr auch, Borges, Cortázar, Carpentier, lateinamerikanisches Zeugs. „Aber nein, wie kannst du nur Vargas Llosa lesen, wirf das sofort in den Mülleimer, sei so lieb!" Schelmisch zog sie mich am Ohr. Meine Vorliebe für Gedichte der Neuen Frankfurter Schule

fand sie drollig, aus dem Gedächtnis rezitierte sie ein paar Verszeilen. Sie bat mich, eine CD von Surphuy Waqanki aufzulegen, leise natürlich, um die Nachbarn nicht zu wecken. Vor sich hinsummend sang sie den wehmütigen Refrain mit. Sie schlüpfte aus ihren hochhackigen Schuhen und setzte sich mit übereinandergeschlagenen Beinen vor das Sofa. Wir tranken aus den Bierdosen aus meinem Vorrat im Kühlschrank, mit der Hand wischte sie sich den Schaum von den Lippen. Bei geöffnetem Fenster rauchten wir eine Zigarette. „Haste nicht noch was Besseres zu rauchen?", fragte sie mich. Natürlich hatte ich. Sie tat so, als würde sie die gewaltige Wölbung in meiner Hose übersehen, die ich ganz vergeblich zu unterdrücken versuchte. Oh weh, rumorte es in meinem Inneren, würden wir hier bis in die frühen Morgenstunden herumsitzen und gepflegt konversieren, wenn nicht einer von uns beiden die Initiative ergriff? Als hätte sie meine Gedanken gelesen, zog sie mein Schachbrett unter einem Stapel Bücher hervor, sie schlug mir eine Partie vor. Ich wirkte, aus welchen Gründen auch immer, mächtig abgelenkt, sie könne gewinnen. Aber eine Revanche bekäme ich dann angeboten. Und aller guten Dinge seien bekanntlich drei. Und dann müsste ich ja auch schon wieder zur Arbeit gehen, ,tschuldigung, dass sie mich um meine wohlverdiente Nachtruhe gebracht habe. Oder wir könnten auch was völlig anderes machen. Sie beugte sich zu mir hinüber und küsste mich. Ihr Gesichtsausdruck, eben noch verträumt und wie in Gedanken versunken, wurde ein anderer, ein harter, wilder, entschlossener. Nachdem sie mit ihren Lippen meinen Mund, meine Wangen, meine Lider erkundet hatte, entzog sie sich mir wieder, mit einem heftigen Ruck warf sie die Dreadlocks zurück. Mit einem Ausdruck fanatischer Entschlossenheit bäumte sie sich auf, während sie zusah, wie sie ausgezogen wurde. Mit ihren muskulösen Oberschenkeln nahm sie mich in ihre Gewalt, ich zahlte es ihrem Hintern mit Quetschungen und Prellungen heim. Sie würde wohl in den nächsten Tagen ein Kissen zum Sitzen brauchen, aber eine Erbse sollte nicht darunter liegen, hehehe, Hans Christian Andersen, ich kann's halt nicht lassen, selbst in solchen Augenblicken mit meiner Belesenheit zu protzen. Dann nichts mehr auf der Welt außer dem Zucken unserer sich vereinenden, schweißüberströmten Körper. Sie umklammerte mich mit ihren Schenkeln, biss mich, grub ihre Nägel in meinen Rücken, während sie mir mehr und mehr ihren Rhythmus aufzwang. Sie verstand es, meinen Höhepunkt schier unendlich hinauszuziehen, bis ich den Allmächtigen um Erlösung anflehte, die sie mir aber noch lange nicht gewährte. „Dein Gott hilft dir hier nicht", schrie sie keuchend. Ihr Gesicht erstrahlte in ungebändigtem furienhaften Glanz. Währenddessen war ein orkanartiger Sturm aufgekommen, der gegen das Fenster peitschte. Bei unserem gemeinsamen Höhepunkt, als ich sie mit immer kraftvolleren und ausdauernden Stößen nahm, durchschlug ein Ast das Fenster und Wassermassen ergossen sich in den Raum.

„Jetzt gehörst du mir, mir ganz allein", sagte sie zu mir, und mit diesen Worten entschwand sie aus meinem Traum.

Am Morgen kroch ich geradezu auf allen Vieren ins Büro. Das gewohnt geisttötende Genöle des Chefs regte mich heute nicht auf. Er tat mir leid.

16. Mai. Eine seltsame Mattigkeit hat mich befallen. Hab mich für drei Tage krankschreiben lassen. Mürrisches Gemurmel vom Chef. Er kann mich mal.

17. Mai. Muss was gegen die Mückenplage tun, stechen mir ständig in den Hals, diese Biester.

18. Mai. Mit einem geschwollenen Hals aufgewacht, als hätte mich ein Wrestler in die Beinschere genommen und ausgequetscht wie eine Zitrone. Ich sehne mich nach Sava. Wann werde ich sie wiedersehen?

19. Mai. Mehrere Kilos abgenommen, muss mehr essen. Vielleicht sollte ich Sava zu einem nächtlichen Diner in einen Sterne-Schuppen ausführen, so mit 5 Gängen und allem drum und

dran. Mal sehen, ob mein Kontostand das hergibt. Sie im eng anliegenden und tief ausgeschnittenen schwarzen Fummel und Mörderinnen-Absätzen, um's dort mal so richtig krachen zu lassen. Alle im Restaurant würden sich fragen, wer der Schlappsack neben ihr ist, und ob er wohl sein Jahresgehalt verpfändet hat, um ... oh süßer Vogel Sehnsucht!

20. Mai. Gestern Nacht war ich in Wolhynien. In meinem Traum irrte ich durch die weiten hallenden Zimmerfluchten eines düsteren und unheilverkündenden Bergschlosses. Auf den Wänden formten unzählige flackernde Leuchter auf Konsolen bizarre Gebilde und sie tauchten die Dinge in ein fahles und gespenstisches Licht, die Duftflakons, kunstvoll eingefassten Spiegel, majestätischen Pendeluhren, mit Intarsien versehenen Tischchen und Sekretäre, Ottomanen, Wandbehänge mit Jagdszenen und Satyren in bukolischen, aber irgendwie bedrückend und alptraumhaft anmutenden Landschaften. Ich meinte, leise und entfernt absonderliche Orgeltöne zu vernehmen, aber es könnte auch eine akustische Täuschung gewesen sein. Der Wind pfiff um das Gemäuer und schien an Stärke zuzunehmen, die Nacht draußen war stockfinster, kein Stern blinkte am Firmament. Am Ende des letzten Ganges fand ich Sava in einem Spiegelkabinett ausgestreckt auf einem prachtvollen französischen Himmelbett, die Decke zurückgeschlagen, und so wie Gott oder wer auch immer sie erschaffen hatte. Oder, kam mir der Gedanke, vielleicht hatte sie ja gar niemand erschaffen, sondern sie war schon immer dagewesen. Ich zerbrach mir darüber aber nicht sonderlich den Kopf, es gab Vordringlicheres zu tun.

21. Mai. Der Arzt konnte mir auch nicht helfen. Er verschrieb mir ein paar Pillen und legte mir in bedachtsam gewählten Worten nahe, die Dienste eines guten Psychotherapeuten in Anspruch zu nehmen.

22. Mai. Anruf von meinem Chef, wo ich denn bliebe und ob er mir vielleicht auf Knien dafür zu danken habe, dass er mir gnä-

digst Arbeit geben dürfe. Ich sagte ihm, dass er sich meinen Job sonstwohin stecken könne und legte grußlos auf. FDP-Arsch!

23. Mai. Nachdem ich Sava, so gut wie ich es noch konnte, meine Liebesdienste erwiesen hatte, plauderten wir im Bett bei geöffnetem Fenster mit einem Joint, den wir uns teilten, und an Rotwein aus Plastikbechern nippend über unsere literarischen Vorlieben. Wir könnten, schlug sie vor, in den Pausen zwischen, du weißt schon, uns unsere Lieblingsgeschichten vorlesen, was hielte ich von *Der schönste Ertrunkene der Welt* von Gabito García Márquez oder *Die Nacht, in der man ihn allein ließ* von Juan Rulfo, ich stünde doch auch auf den Magischen Realismus und der Altiplano sei doch auch mein Sehnsuchtsort. Bei *Eine langweilige Geschichte* von Tschechow würden wir gemeinsam weinen, besonders an der Stelle, wo sie ihren Ziehvater, „Warte kurz, ich hol das Reclam-Bändchen schnell aus dem Regal und les es dir dann vor … so, da hab ich's, wo sie also zu ihm sagt, sie siezt ihn, muss seltsam gewesen sein im alten Russland, im neuen ja auch, aber auf andere Art, wo sie also zu ihm sagt: ‚*In flehendem Ton und beide Hände zu ihm hingestreckt: Nikolai Stepanowitsch, teurer Freund, ich bitte Sie, ich flehe Sie an, wenn Sie meine Freundschaft und Verehrung für Sie nicht verachten, so erfüllen Sie mir eine Bitte! – Was für eine Bitte? – Nehmen Sie das Geld, das ich noch besitze, von mir an! – Aber was sind das für Einfälle! Was soll ich mit deinem Geld? – Fahren Sie irgendwohin, um eine Kur zu machen! Sie haben sie dringend nötig. Wollen Sie es annehmen? Ja? Lieber, Guter, ja? – Sie sieht mir in gespannter Erwartung ins Gesicht und wiederholt: Ja, wollen Sie es annehmen? – Nein, meine Liebe, das nehme ich nicht an, ich danke dir … fahr wieder nach Hause! – Also Sie halten mich nicht für Ihre Freundin, sagte sie niedergeschlagen. … Verzeihen Sie! … Ich verstehe Sie. Einer Frau wie mir verpflichtet zu sein, einer ehemaligen Schauspielerin, das ist … Nun, dann leben Sie wohl! … Sie geht so schnell fort, dass ich nicht einmal Zeit habe, ihr Lebewohl zu sagen.*'" Und noch mehr würden wir heulen, wo er gegen Ende zu ihr sagt, dass er nur noch wenige Monate zu leben habe, genauso wie Tschechow mit seiner Tuberkulose, als er dies schrieb. Aber sie hört und versteht

die Worte nicht, so verzweifelt ist sie in diesem Moment über ihr vermeintlich verpfuschtes Leben. Hätte sie sie verstanden, wäre der Schluss der Erzählung ein ganz anderer gewesen, aber so endet sie mit den Sätzen: „*Dann bist du also zu meinem Begräbnis nicht da? Aber sie sieht mich nicht an, und ihre Hand liegt so kühl in der meinen, als ob sie mir eine Fremde wäre. Ich begleite sie schweigend bis an die Tür. ... Sie weiß, dass ich ihr nachschaue und wird sich an der Ecke wohl noch einmal umblicken. ... Nein, sie hat sich nicht umgeblickt ... ihre Schritte sind verhallt. Lebewohl, du mein Teuerstes auf der Welt!*" Wir würden uns aber auch erhoben fühlen, denn niemals, niemals würde ausgerechnet sie auf meinem Begräbnis fehlen und ich umgekehrt ja ganz gewiss auch nicht auf ihrem, wenn böse Menschen einen von uns beiden pfählen und enthaupten würden, auch wenn wir die Einzigen wären, die uns dort beweinten.

Die nächste Runde danach war noch weit besser.

24. Mai. Kann mich kaum noch auf den Beinen und den Kugelschreiber halten, mit dem ich diese Notizen zu Papier bringe. Mein rapider Gewichtsverlust, meine Appetitlosigkeit (außer auf Sava), meine immer blassere Gesichtsfarbe, meine Antriebsarmut nehmen langsam bedrohliche Züge an, muss heute Nacht mit Sava darüber reden, vielleicht weiß sie Rat.

25. Mai. Ich schrecke zurück, als ich mich im Spiegel über dem Waschbecken sehe. Hab doch immer am liebsten Bücher gelesen und sonst nicht viel erlebt, wie mein guter alter Kumpel de Groote, und jetzt auf einmal das!

26. Mai. Mit dem Pfaffen geredet. Er sagte mir, dass Gottes Wege unergründlich seien, wichtig sei allein, sich ihm bedingungslos hinzugeben, frohgemut und mit ganzem Herzen. Salbader, salbader, salbader.

27. Mai. Bin mit Sava in der letzten Spätvorstellung eines Programmkinos gewesen. Gezeigt wurde *Nosferatu, Synfonie des Grau-*

ens von F. W. Murnau. „Das ist doch alles Schrott", flüsterte mir Sava nach kaum mehr als der Hälfte des Films ins Ohr. „Warum sollten Untote spitze Nasen und Glubschaugen haben, das ist doch völlig realitätsfern. So kann man sich Wiedergänger doch nur in Städten wie Bielefeld[1] vorstellen. Und wenn du schwul wärest, was du ja ruhig sein könntest, ein paar meiner liebsten Familienangehörigen sind das auch, aber du bist es nun mal nicht, wie ich sicher weiß, aber selbst wenn, würdest du dich dann von einem solchen Vollhorst betatschen lassen, nee, du nicht, ganz gewiss nicht, könnte ich dich sonst so lieben?! Dann haust der Typ auch noch in der Hamburger Speicherstadt, hat er's vielleicht auf die Besucher des Miniatur-Wunderlands abgesehen (?), Krallen weg, kann ich dazu nur sagen! Wär ja auch sehr schlecht für den Hamburg-Tourismus, hat denn dieser Murnau darauf keinen Gedanken verschwendet?" Wir begannen, uns in der hintersten Reihe zu küssen, bemüht, dabei keine Geräusche zu machen, um die wenigen anderen Zuschauer nicht zu stören, die im fahlen Licht des Vorführgerätes und dem flackernden Flimmern des Schwarz-Weiß-Films aus den frühen Zeiten des Kinos seltsam blutleer und irgendwie gespenstisch wirkten. Aber ihre Aufmerksamkeit schien jetzt nicht mehr dem Film zu gelten, sondern ganz uns zugewandt zu sein. Auf dem Heimweg in lauschiger Frühlingsnacht übermütig herumgetollt, froh, dem Albtraum entronnen zu sein. Sind noch bei einem Spätkauf vorbeigegangen, um uns für den Rest der Nacht mit einem Päckchen Zigaretten, einer Flasche Rotwein und einem Flachmann Rum einzudecken. Wodka trank Sava aus Prinzip nicht mehr, *nichts mehr von diesen Blutsaugern!* Der alte Orientale an der Kasse, vertieft in die Lektüre des *Negronomicon* von Abdul Alhazred, erbleichte, als er Sava sah, alle Farbe schien auf einmal aus

---

1 dem Geburtsort von F. W. Murnau. Sein wirklicher Nachname war übrigens, vielleicht passend zu Bielefeld, ich weiß es ja nicht, Plumpe. Aber das nimmt ihm natürlich nicht das Allergeringste von seiner Meisterschaft.

seinem Gesicht entwichen zu sein, mit zitternden Händen gab er uns das Wechselgeld zurück, einige Münzen entglitten seinen Händen und fielen scheppernd zu Boden. Zu Hause angekommen machten wir es uns im Bett gemütlich. Als wir dann später gleichzeitig den Höhepunkt erreichten, schrie Sava gellend: „Du wirst nie mein Nosferatu sein und ich nicht deine Nosferata, wir beide lieben uns aufrichtig und ehrlich und für immer!" Ermattet schliefen wir ein.

28. Mai. In der Nacht erlaubte sich Sava einen grausamen Scherz mit mir. Sie habe sich, sagte sie, unsterblich in eine Japanerin verliebt – Yunko. Als Yunko spät nachts aus dem Pool ihres gemeinsamen All-Inclusive-Ressorts stieg, mit ihrem pechschwarzen Haar, der milchweißen Haut und dem Bikini, der der Fantasie kaum Raum ließ ... wie Aphrodite aus dem Meer oder Ursula Andress in diesem James-Bond-Film, wie hieß er doch gleich? Und nur der unermesslich große Sternenhimmel über ihnen, als sie sich am Strand mit rasender Lust einander hingaben, aus der Ferne bestaunt von nächtlichen Strandgängern. Der eine oder andere hätte wohl auch ein Smartphone bei sich gehabt, vielleicht ginge das jetzt viral in den Sozialen Medien. Als sie meinen bestürzten Gesichtsausdruck sah, kriegte sie sich vor Lachen kaum noch ein. „War doch nur ein Scherz", gluckste sie, „du musst doch nicht alles glauben, was ich dir erzähle, du bist und bleibst mein Einziger."

29. Mai. Hab ihr viel von meinem besten Kumpel [*jetzt folgte mein Vorname*] erzählt. „Der wär was für meine kleine Schwester", meinte sie, „sie fühlt sich so allein, das arme Ding, mal sehen, ob wir ein Date arrangieren können. Zu viert könnten wir dann auch *Whist* spielen, das wär doch schön!"

30. Mai. Sava des Nachts, wieder mit diesen blutroten Lippen. Aber diesmal war alles ganz anders. Wir liebten uns nicht wild und ungestüm wie sonst, sondern sorgsam und wie einander ertastend, als wären wir zerbrechlich. Bei meinem ersten Eindrin-

gen in sie wiegten wir uns sanft aufeinander, wie zwei Boote in einer linden Dünung. Ich bewegte mich ganz sacht in ihr, als wollte ich sie nicht verletzen. „Weißt du", flüsterte sie mir zu, während ich behaglich in ihr war, „die anderen, eigentlich alle, haben Angst vor mir, auch wenn sie sich das nicht eingestehen wollen, aber du hast keine, gar keine. Und sie betrachten mich als Trophäe wie aus einem Hochglanz-Prospekt, mit der man angeben kann. So war das am Anfang auch bei dir, ist nun mal so, geht nicht anders. Aber wirkliche Freude kann ich dabei nicht empfinden. Du dagegen liebst mich nach so kurzer Zeit, wir haben uns ja erst vor kaum zwei Wochen kennengelernt, noch wegen was ganz anderem, wegen etwas, das du in mir siehst und das andere nicht sehen und das ich so gerne sein möchte, aber nicht sein kann, nein, nein, es ist unmöglich, ganz unmöglich." An dieser Stelle begann sie heftig zu schluchzen, während ich sie ganz fest an mich drückte und küsste. Nachdem sie sich wieder gefangen hatte, was eine Zeitlang dauerte, fuhr sie fort: „Wenn mich morgen ein Blitz treffen und entstellen würde, würdest du nicht aus Pflichtgefühl bei mir bleiben, oder weil man dich gelehrt hat, dass man sich als jemand mit Charakter in einer solchen Situation nicht aus dem Staub macht, sondern weil du dich jeden Tag darauf freust, mit mir zusammen zu sein, weil du nicht nur meine äußere Hülle liebst, und im umgekehrten Fall wäre es genauso und so wird es auch immer bleiben. Oder glaubst du, ich habe mich in dich verknallt, weil du so schön bist, das bist du, nimm's mir nicht übel, du weißt schon, wie ich es meine, doch gar nicht, wenn man nur das Äußere betrachtet, es musste schon sehr viel mehr dazukommen. Und richtigen Spaß dabei habe ich nur, wenn mich jemand fickt, mit dem ich mich ernsthaft über Bücher unterhalten kann, über Gogol, Melville, Robert Louis Stevenson, Simenon, Loren Estleman, Wiglaf Droste und so, du kennst und liebst sie ja auch alle. Ach, wir beide könnten uns die ganze Nacht über unsere Lieblingserzählungen unterhalten und sie uns vorlesen und der Sex dazwischen wäre überwältigend, für dich wie für mich bzw. genau das haben wir ja schon das eine oder andere Mal gemacht, oder wie war's? Und ein Typ kann auch so gut aussehen wie er will, wie dieser grau melierte Schauspieler, wie heißt er doch gleich (?), aber ich lasse mich trotzdem nicht von ihm flachlegen, wenn er nicht – so wie du – weiß, wo Wolhynien liegt und sich ein wenig in seiner Geschichte und Kultur auskennt oder er dafür erst bei Wikipedia nachschlagen müsste, gewiss ein fettes Ausschlusskriterium. Nicht, dass ich deswegen auf ihn herabsehen würde, so hochnäsig bin ich nun wirklich nicht, ich interessier mich ja auch für sehr vieles überhaupt nicht, aber wirklich geliebt fühle ich mich erst dann, wenn jemand nicht nur meinen Körper begehrt, sondern sich auch aufrichtig für mein Land und meine Kultur interessiert und sie versteht, so wie du. Ich kann es nicht gut in Worte fassen, ich rede wirres, unverständliches Zeug, aber so ist es. Und glaub nicht, dass ich so was schon mal zu einem anderen gesagt habe und es gab ja", dabei kicherte sie, „schon den einen oder anderen vor dir." Wieder nahm sie mich dann in die Beinschere, aber diesmal behutsam, wenn auch kraftvoll, und indem sie mir, in meinem Haar wuschelnd, zärtlich versicherte, dass sie das doch nicht mache, um mir wehzutun, sondern nur, um sicherzustellen, dass ich sie weiter lecke. Diesmal keine spitzen Schreie von ihr, sondern kleine geflüsterte, wie gehauchte Ohs und Ahs, allerdings in immer rascherer Folge und sie sich dann aufbäumend. Unser weiterer Sex war dann wohl gar nichts so Besonderes, keine Bombe, die irgendwo einschlug, weder bei ihr noch bei mir, aber, denke ich, er wird der sein, an den ich mich in der Stunde meines Todes erinnern werde. Am Ende lag sie weinend in meinen Armen. „Du bist so gut zu mir", schluchzte sie, „und ich bin es nicht zu dir, nein, nein, ganz und gar nicht. Ich sauge dich aus, dich, der du mir nur Gutes tust, und ich danke es dir nicht, von mir bekommst du nur Unheil, nichts als Unheil." „Sag mir doch einfach", antwortete ich ihr, „was ich tun kann, um dich zu erlösen, und ich werde es tun, auch wenn ich danach nicht mehr das Sonnenlicht erblicken und unter Menschen wandeln kann, ich werde es tun, ich brauche keine Sekunde zu überlegen, ich folge dir, wohin auch immer du gehst, du, du und immer nur du!" Ich hielt sie ganz fest umarmt, bis wir irgendwann in den Schlaf sanken, sie immer noch leise zitternd und wimmernd.

31. Mai. Spätnachts mit Sava durch die verlassenen Straßen unseres Viertels geschlendert. Sie liebe die Nachtstunden, sagte sie mir, die Sonne sei schlecht für ihren Teint. Und ja, die Nacht hat ihren Reiz. Alles schläft, die Welt scheint einem allein zu gehören. Alles wirkt, obwohl es dunkel ist, scharf umrissen, vielleicht weil die Sonne mit ihren unzähligen und ständig wechselnden Facetten, die sie den Dingen verleiht, die Aufmerksamkeit nicht ablenkt. Und dann das Gefühl des Neubeginns, wenn der Morgen naht. Aber wir waren nicht allein. Plötzlich enthusiastische Pfiffe und lautes Gejohle hinter uns. „Was machste mit dem Penner, Knackarsch", ertönte es, „hier haste zwei echte Kerle, die es dir jetzt richtig besorgen werden. Wir haben gewettet, ob du einen BH trägst und welche Farbe dein Höschen wohl hat, gleich werden wir es ja wissen, Superbrett." Zwei Schlägertypen, stark angetrunken, mit Sabber im Mundwinkel beim Gedanken an das, was sie jetzt gleich mit Sava anstellen würden. Wahrscheinlich AFD-Wähler. Und ich so geschwächt, dass ich es mit keinem der beiden hätte aufnehmen können. „Ich bin ja so froh, euch zu sehen", säuselte Sava, „wie konntet ihr nur wissen, dass ich mich so unsäglich langweile? Ihr beide kommt mir jetzt gerade recht, wie vom Himmel gerufen, ihr seid süß. Und was eure Wette betrifft, die kann ich sofort auflösen. Unter dem niedlichen Top und den Jeans, in die ich mich mit Hilfe eines Schuhlöffels hineingezwängt habe, trage ich nämlich rein gar nichts, jetzt seid ihr aber echt verblüfft, was? Und findet ihr nicht auch, meine holden Ritter und Kavaliere, dass die High Heels, ist Englisch, versteht ihr vielleicht nicht, meinen Gesamteindruck noch verstärken. Und, wenn ihr mir die Frage erlaubt, welche Gefühle erweckt dies alles in euch? Sagt jetzt bloß nicht Déjà-vu! Oh, wie knuddelig jetzt euer um Verständnis ringender Gesichtsausdruck ist! Ich hoffe nur, dass das kleine Tattoo auf einer meiner Po-Backen euer ästhetisches Geschmacksempfinden nicht verletzt, das würde mich echt betrüben. Ihr seid so was zum An-

knabbern und Vernaschen, gleich werdet ihr meinen sexuellen Heißhunger stillen. Ich steh derart auf Sex auf die knallharte Art, ihr doch auch, da haben wir uns wohl als Gleichgesinnte getroffen. Gerne auch zu dritt oder wenn ihr noch ein paar Kumpels habt, denen ihr mal was richtig Gutes gönnen wollt, dann her damit! Aber genug des erotischen Vorgeplänkels, lasst uns zur Sache kommen, ihr wollt es doch auch, mit eurer zupackenden Art, mich erobern und in den Liebeskünsten unterweisen, bin schon ganz kirre. Wir werden jetzt einen Riesenspaß miteinander haben, von dem ihr noch euren Enkelkindern vorschwärmen werdet, wenn ihr danach noch welche haben könnt." Mit betörendem Augenaufschlag schmiegte sie sich an den einen Proll, sie schlang ihre Arme um seinen Hals, ihre feuerwehrwagenrot geschminkten Lippen kaum von den seinen entfernt. Er schien sein Glück nicht fassen zu können. Dann rammte sie ihr Knie mit einer Wucht in seinen Unterleib, dass es eine helle Freude war, nur nicht für ihn. Dann gleich nochmal, so richtig mit Urgewalt. Sodann eine blitzschnelle Körperdrehung, mit der sie ihre Handkante auf seinen speckigen Stiernacken krachen ließ, ein weiterer Kniestoß, diesmal auf seine Nase, aus der ein Strahl Blut, vermischt mit Oberzähnen, herausschoss, ihr Ellbogen gegen seinen Solarplexus geknallt, was auch ein Pferd umgeworfen hätte, und zu guter Letzt ein eleganter Schulterwurf, der ihn in die Mülltonnen fliegen ließ. Mit einem gewaltigen Rülpser, der einen übelriechenden Schwall von Bier- und Schnaps-Atem zu uns herüberwehte, sackte der Asi auf dem Pflaster zusammen. „Jetzt zeig mal, was du draufhast, Blickfang, gleich gewesener!", zischte der andere Redneck, mit den Armen herumfuchtelnd wie ein Karate-Hampelmann. Sie ließ sich nicht zweimal bitten. An ihm werden jetzt Ärzte und Zahnärzte gewiss richtig gutes Geld verdienen, selber Schuld, Sackgesicht! „Ich bin etwas aus der Übung gekommen", sagte sie auf dem Heimweg mit einem entschuldigenden und irgendwie verschämten Lächeln zu mir. „Mit diesen Saftärschen hätte ich schneller fertig werden müssen, beim letzten dauerte es geschlagene zehn Sekunden oder so. Ich habe mir sogar den kleinen Finger verstaucht und einen Nagel eingerissen und meine Lippe blutete etwas, wo ich doch jeden Tropfen benötige. Aber das ist nichts, was sich nicht sogleich beheben lässt, wenn wir jetzt zusammen eine wohlig warme Dusche nehmen und uns einseifen und uns dann unter der flauschigen Bettdecke aneinander kuscheln." „Eine Hilfe bin ich ja nicht gewesen", meinte ich kleinlaut. „Natürlich bist du das gewesen, Liebster, ohne deinen intellektuellen Beistand wäre ich doch völlig aufgeschmissen gewesen." „Na ja", zweifelte ich an. Und da sie mich in grüblerischer Stimmung sah, fuhr sie fort: „All meine Kraft habe ich doch nur von dir, mein Held. Und außerdem beginnen wir gleich morgen Nacht mit einem vier- oder fünfstündigen Kampfsporttraining im Bett. Unbekleidet kämpft es sich entschieden besser, wirst schon sehen, glaub mir einfach! Und schon bald werde ich um Gnade winseln, wenn du mich auf dem Teppich bezwungen hast." Ein wohliger Schauder durchlief sie. Meine Sava!

32. Mai. Der Arzt scheint jetzt ernsthaft besorgt zu sein. Er riet mir zu einer Reise an einen bekannten Kurort. Mal ein Tapetenwechsel, würde mir guttun. Spaziergänge an der frischen Luft in schattigen Alleen, das Plätschern der Brunnen, klassische Musik, aber eher von der heiteren Art, von der Kapelle im Pavillon, abends ruhig auch ein paar Bierchen zwitschern, vielleicht, vielleicht würde ich auch eine nette Frau kennenlernen, die zu mir passt – oh, wenn er wüsste!

33. Mai. Bin dem Rat des Arztes gefolgt und die Reise angetreten. Im Traum wünschte mir Sava von Herzen sehr schöne Tage, aber obwohl sie dies vor mir zu verbergen versuchte, hörte ich aus ihren Worten doch die Trauer heraus, von mir getrennt zu sein. Gleich nach dem Aufstehen und einem hastig heruntergeschlungenen Frühstück reiste ich zurück.

34. Mai. Kampfsport-Training mit Sava. Ich legte sie gekonnt mit einem Hüftfeger auf die Anrichte, dort nahm ich sie in den Griff, meine Lippen ganz nah an den ihren. Ich konnte unmöglich der

Versuchung widerstehen, sie zu küssen. Da warf sie mich mit einem *Tomoe nage* durch die Schwingtür. Mit sorgenvoller Miene betastete sie meine Blessuren, sie erkundigte sich nach meinem Wohlbefinden. Ein Kamillentee, eine sanfte, gütige Massage, wie sich in einer milden Brise im Einklang mit der Natur treiben lassen mit psychedelischer Musik, danach übergangslos ein Fick ähnlicher Art, könnten helfen. „Dring doch einfach in mich ein, wie ein Forscher in eine verwunschene Märchenwelt, und erkunde mich, wie jene Entdecker, vor denen sich plötzlich und ganz unerwartet eine Öffnung im Erdreich auftat, ein Höhleneingang, in den sie sich vortasteten, mit Fackeln und Schritt für Schritt, wie in einem Labyrinth, das sie oft in die falsche Richtung führte und ihnen alle Kräfte abverlangte, bis sie am Ende ihres langen langen Weges vor einer nie gesehenen, nie auch nur erahnten Herrlichkeit standen." Dass dort schon andere Expeditionen unternahmen, brauche mich nicht zu stören, man möchte natürlich immer der Erste sein, wie Kolumbus, als er unverhofft eines ganz neuen Kontinents ansichtig wurde, aber auch vor ihm hatten doch schon wenigstens die Wikinger Amerika die Jungfräulichkeit genommen, vielleicht auch Ptolemäer, Phönizier, Polynesier oder trinkfeste, irische Mönche. Dieser restlos durchgeknallte Typ aus Istanbul, wie hieß er doch gleich, behaupte sogar, dass einige seiner Vorfahren die Ersten gewesen seien, glaubensstarke, fest auf Allah vertrauende und dem Alkohol gänzlich abgeneigte, muslimische Seefahrer. Aber der Allererste gewesen zu sein, reiche ja nicht aus, man müsse sich das Neuland auch unterwürfig und gefügig machen oder umgekehrt seiner Anziehungskraft völlig erliegen, das sei auch süßer, berauschender und betörender. Am besten sei beides zusammen, wie bei mir. Daher brauche ich auch gar nicht eifersüchtig zu sein, dass schon andere ihre Küsten erforscht und an Land gegangen seien, so hingebungsvoll, gründlich und unermüdlich, aber auch detailverliebt und akribisch wie ich habe noch keiner von denen es ihr besorgt, echt jetzt! Sie ist so lieb.

35. Mai. Ich habe in den Abgrund geschaut, aber ...

36. Mai. ... aber wieder über eine Stunde ausdauernd mit Sava gefickt, keine Ahnung, wo ich die Kraft dafür noch hernahm. Am Ende, bei unserem gemeinsamen Höhepunkt, war es mir, als würde eine gigantische, aber mir wohlgesonnene und mich sanft umhüllende Welle mich in das offene Meer hinaustragen, nicht um mir zu schaden, sondern um mich zu meinem ersehnten Ziel zu führen. Mir kamen die Worte des Buddha in den Sinn, der einmal, gefragt, wie man einen Tropfen vor dem Verdunsten bewahren könne, antwortete: Indem man ihn in das Meer schüttet. Ein unbeschreibliches, nie dagewesenes Glücksgefühl durchströmt mich. Ich werde mit Sava vereint sein, für immer. Erst jetzt verstehe ich den vollen Sinn der Worte des Pfaffen, dass wir uns bedingungslos hingeben sollen, frohgemut und mit ganzem Herzen.

Mit diesem Eintrag am Vorabend seines Verschwindens endete das Tagebuch. Ich ließ mir von seiner Schwester noch einmal den Wohnungsschlüssel geben, um nach weiteren Spuren von ihm zu suchen. Gerade wollte ich die Tür aufschließen, als sie mir von innen geöffnet wurde. Und da stand sie vor mir. „Sie sind, sie sind ...", stammelte ich, „Sava?" „Nein", antwortete sie, „Mila, Savas jüngere Schwester. Und ich bin so froh, dich endlich kennenzulernen. Eduard hat uns so viel von dir erzählt. Ich darf doch du sagen, oder? Du kommst mir schon so vertraut vor, als würde ich dich seit Ewigkeiten kennen. Und Eduards Freunde werden auch immer meine Freunde sein."

Was sollte ich tun? Jedenfalls war dies unendlich besser als der ganze ewig gleiche Scheiß wie bisher in meinem Leben. Und so könnte ich auch wieder mit Eduard das eine oder andere Bierchen schlürfen. Letzterer Gesichtspunkt war für mich ausschlaggebend, andere aber auch, die sich der geneigte Leser, die Leserin sicherlich auch, unschwer vorzustellen vermögen. „Und", fragte sie mich, nachdem ich ihr meinen Entschluss mitgeteilt hatte, „bist du jetzt verhindert, hast du noch was anderes vor oder bist du unpässlich oder möchtest du die Sportschau sehen?" „Nein", stöhnte ich. Wir liebten uns auf dem Küchentisch, bis der massive Tisch aus Eichenholz unter uns zusammenbrach.

*Anregungen – Böswillige nennen es Plagiate – müssen offengelegt werden, sonst gibt es Ärger. Die Idee zu dieser Geschichte könnte mir durch „Der Horla" von Guy de Maupassant oder „Chac Mool" von Carlos Fuentes gekommen sei, mit ähnlichen, wenngleich natürlich unendlich besser ausgeführten Handlungsmustern oder – besser gesagt – Einstiegen: Die hinterlassenen Tagebücher eines Vampiropfers, das auf einem Jahrmarkt gekaufte Figürchen einer alles verschlingenden aztekischen Gottheit etc., kennen wir doch alle von irgendwoher. Sicher bin ich mir aber nicht, ob die Grundidee der Geschichte tatsächlich den genannten Meisterwerken entlehnt ist. Irgendwie müssen ja schließlich Vampire in unsere Welt kommen, oder (?), und da scheinen schon etlichen irgendwie ähnliche Plots eingefallen zu sein. Oder wie sind Maupassant und Fuentes wohl auf ihre Ideen gekommen? Wir wissen es nicht. Über Vampire ist doch im Grunde schon alles gesagt worden. Und wie es Michel Foucault treffend auf den Punkt brachte: „Wen kümmert's, wer schreibt? ... Es ist das Ergebnis einer komplizierten Operation, die ein gewisses Vernunftwesen konstruiert, das man Autor nennt. Zwar versucht man, diesem Vernunftwesen einen realistischen Status zu geben: Im Individuum soll es einen ‚tiefen' Drang geben, schöpferische Kraft, einen ‚Entwurf', und das soll der Ursprungsort des Schreibens sein, tatsächlich aber ist das, was man an einem Individuum als Autor bezeichnet (oder das, was aus einem Individuum einen Autor macht) nur die mehr bis minder psychologisierende Projektion der Behandlung, die man Texten angedeihen lässt, der Annäherungen, die man vornimmt, der Merkmale, die man für erheblich hält, der Kontinuitäten, die man zulässt, oder der Ausschlüsse, die man macht. ... Im Grunde ist doch das Einzige, was den Autor auszeichnet, die Einzigartigkeit seiner Nichtexistenz." (Michel Foucault, Was ist ein Autor, Vortrag, gehalten vor der Französischen Gesellschaft für Philosophie am 22. Februar 1969). Ein postmodernes Verständnis von Textualität eben, hab ich auch, ich hab's aber in den Erzählungen kenntlich gemacht, wenn ich mich mal habe inspirieren lassen und von wem, hoffentlich lückenlos. Bei Michel Foucault wären die Vampire üb-*

*rigens nicht weiblichen Geschlechts gewesen, das nimmt ihm aber nicht das Allergeringste von seiner Größe, warum auch (?), sie hätten sehr eng anliegendes schwarzes Leder getragen, das funktioniert allerdings auch bei Frauen, hab's schon gesehen. Was ich mit diesem wirren Gestammel eigentlich sagen will, ist doch das: Jeder schleppt halt seinen sozio-kulturellen Ballast und seine Erfahrungen und persönlichen Vorlieben mit sich rum, auch das, was er alles schon gelesen hat, ohne sich all das bewusst zu machen, wenn er was zu Papier bringt.*

*Schauen wir uns doch jetzt einfach mal an, was dem de Groote sonst noch hierzu eingefallen ist oder auch nicht! Eine Geld-Zurückgabe-Garantie bei Nicht-Gefallen (was'n Scheiß, wer will'n sowas lesen?!) gibt es jedenfalls nicht, das können Sie vergessen! De Groote hält sich übrigens für was Besseres, wegen seiner angeblichen, aber in Wirklichkeit nicht mal fragwürdigen Abstammung aus einem uralten flämischen Adelsgeschlecht. Dabei kommt der Schnösel doch aus dem hintersten abgelegensten Oberhessen, wo die Leute in ihrer Ahnenreihe auf Schafe und Ziegen zurückblicken und sich die hohe Kunst des Essens mit Messern und Gabeln bis heute nicht angeeignet haben. Hat er sich alles ausgedacht.*

*Die geneigten Leserinnen und Leser werden in diesem Büchlein viele Anspielungen auf russische und US-amerikanische Autoren finden, d. h. unter den Russen eigentlich nur auf einen. Seit langem fällt es ja schwer, über – ganz grob geschätzt – die Hälfte der Einwohner dieser Länder noch etwas Gutes zu sagen, aber richtig gut schreiben konnten ein paar aus ihren Reihen zweifellos. Möge mir ein beschauliches Dasein unter ihren Schuhsohlen beschieden sein!*

*Der längste Fick der Weltliteratur dürfte wohl (auf sage und schreibe 54 Seiten) der aus Harold Brodkeys Erzählung „Unschuld" aus dem gleichnamigen Geschichtenband sein. Gut, ich müsste überprüfen, ob nicht James Joyce noch mehr diesbezügliche Seiten zusammengebracht hat, könnte sein. Abgekupfert habe ich nichts von Brodkey, das kann ich reinen Gewissens versichern, aber man wird sich doch wohl noch von der Atmosphäre eines Meisterwerks inspirieren lassen dürfen, oder nicht?*

26

*Sava und Mila werden Ihnen, wenn Sie denn tatsächlich zum Weiter-lesen entschlossen sein sollten, noch das eine oder andere Mal in diesem Bändchen begegnen, aber beileibe nicht in allen seinen Geschichten. Hab halt einen Narren an den beiden gefressen, seit wir uns zum ersten Mal über den Weg liefen und wir intuitiv erkannten, dass wir füreinander geschaffen sind, wenngleich auf ganz unterschiedliche Art, ich mit mei-nem Kugelschreiber bzw. – welcher Depp benutzt heute eigentlich noch einen Kugelschreiber? – mit der Tastatur meines PCs, sie im wirklichen Leben, alles, um uns Dreien wechselseitig Leben einzuhauchen, denn das wollen wir ja, leben. Für sie, aber auch für einen von mir verfassten Band mit Erzählungen, würde ich meine Seele hergeben.*

*Der surreale, unwirkliche Grundton der Geschichte ist von Sinnsprüchen des Altmeisters des abgefahrenen düsteren Humors, Wolfgang Kubicki, inspiriert, ich geb's ja zu.*

*Aber genug jetzt des Nachreden-Gequatsches!*

# Völlig fehl am Platz

„Kennen Sie diesen Herrn?"

„Nee, den Penner hab ich noch nie gesehen."

Manchmal ist meine Frau richtig witzig, auch deswegen liebe ich sie ja, aber diesmal ging sie entschieden zu weit.

„Würde es Ihnen etwas ausmachen oder Sie in ihrer Bequemlichkeit stören, ich möchte Ihnen ja keine Umstände bereiten, Freundchen, diese Dame nicht mehr zu belästigen?", sagte der bullige Typ zu mir, alle Sehnen zum Absprung bereit. Missbilligende Blicke von Passanten, einer zog sein Handy hervor, vielleicht um die 110 zu wählen. Ich wünschte mir einen dieser Außerirdischen herbei, die einen auf der Stelle wegbeamen, aber gerade dann, wenn man sie am nötigsten braucht, sind sie ja nicht da.

Nach einem unrühmlichen Abgang – ich zog es vor, möglichst schnell das Weite zu suchen, bin ja kein Held – ging mir die Szene wieder und wieder durch den Kopf. Was mochte wohl nur in sie gefahren sein? Vielleicht wegen ihrer Vorliebe für französische Literatur, eines Abends, unsere Gäste hatten sich verabschiedet, wir hatten die Reste aus den Weinflaschen zusammengeschüttet für einen Schlummertrunk, Verschwörer der Nacht, des Alkohols und der Erinnerungen, schlug sie mir eine Art Identitätswechsel vor. Wie wäre es, wenn wir irgendwo hingingen – in eine Bar oder ein Hotel – und so täten, als würden wir uns nicht kennen. Nur so, um zu sehen, was passiert. Vielleicht würde der junge, gutgebaute, dänische oder norwegische Kellner mit dem strohblonden Haar sie anziehend finden (solche Fantasien hatte sie manchmal) oder ich würde der Dame an meinem Nachbartisch verstohlene Blicke zuwerfen, *ich kenn dich doch, du Schmock.*

Alles bliebe im Rahmen des Schicklichen, natürlich, was sonst, aber in unbeobachteten Augenblicken würden wir uns zuzwinkern und danach gäbe es sicher was zum Lachen. Oder wir täten so, als würden wir uns nach langen Jahren zufällig wiederbegegnen. Ich wäre ein älterer Cousin zweiten oder dritten (nicht ersten) Grades, in den sie einst als ganz junges Mädchen backfischhaft verliebt gewesen war und der danach in die große weite Welt hinauszog, um sein Glück zu suchen, aber vergessen konnte ich sie nie.

Oder, sponn ich den Faden weiter, wir würden es so ähnlich machen wie in der Erzählung *Wakefield*, ich würde ausziehen und mir eine kleine Wohnung in unserem Viertel ein paar Blocks weiter suchen, aber ohne ihr zu sagen, wo sie ist. Wir würden uns oft auf der Straße begegnen, unser Viertel ist ja nicht so groß, aber grußlos aneinander vorbeigehen wie zwei Fremde. Mit der Zeit würden wir uns zum Zeichen des Wiedererkennens zunicken. Irgendwann kämen wir ins Gespräch, vielleicht wegen deines Hündchens, das ich ganz süß fände. Aus einer Laune heraus hätten wir ein Date und es käme zur Vereinigung, *was ist das denn?*, aber nichts Besonderes, ein schaler und belangloser Fick, wie wir ihn alle kennen, zu sehr wären wir noch von unseren früheren Beziehungen gezeichnet. Aber deine verpeilte und halb weggetretene Art, *nein, nicht mir das Knie in die Eier rammen!*, auch deine verwuschelte Hübschheit würde ich irgendwie anrührend finden. Wegen deiner unglücklichen Hand bei der Wahl deines Ehepartners, dem du dich entfremdet hattest, tätest du mir leid, *hat dieser widerliche Typ mit deinen Gefühlen eigentlich nur gespielt, dem Fatzke würde ich gern mal die Fresse polieren!* Für einen netten, flüchtigen Zeitvertreib würde ich dich halten, nicht mehr, aber auch nicht weniger, *nie hat jemand Netteres über mich gesagt.* Mein Alltagstrott würde mich danach wieder gefangen nehmen und ich dächte, dass sich die Erinnerung an dich zunehmend verflüchtigt, wie die an alle deine Vorgängerinnen, *wie viele waren es denn?* Aber nein, immer stärker würde der Gedanke an dich von mir Besitz ergreifen. Ich würde auf mein bisheriges Leben zurückblicken, mit all seinen Belanglosigkeiten, Ausflüchten und immergleichen Gesprächen, und es würde mir jetzt ganz sinnentleert vorkommen, ohne dich. Ich hätte dich schon lange nicht mehr in unserem Viertel gesehen, du seiest weggezogen, würde man mir sagen, in ein Provinz-Städtchen tief im Süden, die genaue Anschrift wisse man nicht. Dort würde ich dich suchen und als ich mir schon die Hoffnungslosigkeit meines Unterfangens eingestehen wollte, würde ich dich plötzlich sehen, mit deinem Hündchen. Du wärest höchst überrascht, mich zu erblicken, aber auch tief bewegt, als hätte dies eine längst verschüttete Saite in dir wieder zum Klingen gebracht. Lange säßen wir schweigend nebeneinander und ich würde dich fragen, ob du meine Frau werden möchtest. Und dann könnte ein neues, herrliches Leben anfangen, aber uns beiden wäre klar, dass das Ende noch in weiter Ferne läge und dass das Schwierigste erst jetzt begänne.

„Du liest ganz entschieden zu viel russische Literatur. Ach, wärst du doch der Abklatsch eines griechischen Gottes, der plötzlich dem Meer entsteigt, mich richtig fertig macht, und dann wieder in den Wogen untertaucht, ohne all das Geschwafel. Oder wenigstens kein Handwerker, der mich auf dem Küchentisch flachlegt, dann wär ja alles, nun ja nicht gut, aber gerade noch erträglich." Mit diesen Worten beendete sie unsere Gedankenspielereien, einem der letzten Vergnügen, die einem gelangweilten, vielem überdrüssigen Intellektuellen noch geblieben sind.

Ich glaube, Sie haben jetzt einen ungefähren Eindruck von meiner Frau gewonnen. Sie war bezaubernd und manchmal ziemlich kapriziös. Und wenn ich „war" sage, hat dies seinen guten Grund, denn nichts wird jemals wieder für mich so sein, wie es einmal war. Aber ich greife vorweg.

So in Gedanken versunken sah ich meinen alten Freund Paul an mir vorbeieilen, zerstreut, wie er manchmal war, hatte er mich wohl nicht gesehen. „Hey, alter Saftsack", rief ich ihm in dem kumpelhaften Ton zu, den wir untereinander pflegten, „gibste jetzt endlich einen aus?" „Kennen wir uns?", fragte er mich," nachdem er sich zu mir umgedreht hatte, in dem resignierten Ton von einem, der Ähnliches schon hundertmal erlebt hat. „Äh, em …", stammelte ich, aber schon waren er und die anderen Passanten weitergezogen, es gibt so viele Irre in der Innenstadt, mich werden sie wohl für einen der harmloseren Fälle gehalten haben.

Jetzt war ich ernsthaft bestürzt. Aus dem Spiegel über dem Waschbecken in der öffentlichen Toilette, wo ich mir kaltes Wasser ins Gesicht klatschte, blickte mich der an, der ich schon immer war oder zu sein glaubte, aber mit stierem Blick. Sollten er und ich jetzt auch zwei verschiedene Personen geworden sein? Verdammt, irgendjemand müsste mich doch wiedererkennen. Da fiel es mir ein. Meine Mutter, die nicht weit entfernt wohnte, hätte vielleicht eine ganz plausible Erklärung für all das Merkwürdige, das mir an diesem Tag widerfahren war. Sie würde zu dieser schon etwas vorgerückten Stunde beim Abendessen oder vor dem Fernseher sitzen oder beides, aber noch nicht zu Bett gegangen sein. Beim Öffnen der Tür sagte sie mir sichtlich genervt über die späte Störung: „Junger Mann, wenn Sie von den Zeugen Jehovas oder ein Versicherungsvertreter sind, sind Sie hier völlig fehl am Platz."

Auf dem Heimweg bellte mich der Nachbarshund, den ich immer mit Leckerlies versorgt und am Bauch gegrault hatte, hasserfüllt an.

# Das Tschechow-Quiz

*Dem guten Menschen aus Taganrog*

Man sprach dich auf der Straße an. Ob du nicht Lust hättest, als Statist in einem Film mitzuwirken. Keine tragende Rolle, gewiss, aber durchaus eine für die Dramatik der Handlung bedeutsame. Die Bezahlung war mickrig, aber dafür würde dein Name im Abspann genannt werden. Die Mahlzeiten wären frei. Und man bedeutete dir augenzwinkernd, dass den Schauspielerinnen manchmal der Sinn danach stünde, junge Komparsen zu vernaschen, hehehe, Boheme-Typen eben, so sind sie nun mal. Aber versprechen könne man dir nichts. Die Verfilmung eines Werks des exilrussischen Autors Alexej Jakowlew *(keine Bange, er hasst Putin wie die wie Stukas angreifenden Mückenschwärme in seiner Datscha!)*. Eine zeitgemäße Adaption von Motiven von Anton Tschechow im modernen Hipster-Milieu mit einem Schuss Eugène Ionescu, warum eigentlich nicht, klingt doch interessant, man könne es doch wenigstens mal versuchen. Und Tee einschenken, Stühle zurechtrücken und den Damen des Hauses aus den Mänteln helfen, könne doch auch gar nicht sooo schwierig sein, oder? Du feiltest damals an deiner Doktorarbeit, von der du ahntest, dass niemand sie lesen würde, nicht mal dein Doktorvater, den du manchmal dabei ertapptest, wie er verstohlen auf seine Armbanduhr schaute oder leise seufzte, wenn du ihm pflichtgemäß von deinen neuesten bahnbrechenden Erkenntnissen berichtetest. Aber seine Sekretärin, nicht unhübsch, brachtest du das ein oder andere Mal zum Lachen, sie sagte, wegen deines hintergründigen Humors. Und noch mehr, als du sie einmal um ein Date batest. Abwechslung, mal rauskommen aus der verstaubten Gelehrtenwelt, täte dir gut, sagtest du dir, also stimmtest du zu.

Schnell fandest du dich in die Handlung hinein. In der Abgeschiedenheit eines Landhauses ödeten sich die unsäglich gelangweilten Gäste an. Das Landhaus mit seinem prächtigen weiträumigen Garten voller Kirschbäume stand zum Verkauf, um einem stylishen Einkaufszentrum zu weichen. Der Gutsbesitzer, der bräsige Onkel Petja, der die ganze Zeit von Paris schwadronierte, hatte dort schon in jungen Jahren das Familienvermögen nahezu ganz durchgebracht. Allerdings gab es noch eine mögliche Hoffnung auf Rettung. Mascha, Onkel Petjas Pflegetochter – sein Herzblatt, sein Augenstern –, könnte dem Liebeswerben von Graf Gribodjew nachgeben, eines steinreichen, alten Lüstlings. Aber auch Arkadij Sergeyevič Tarassow, ein junger Banker, der im wirklichen Leben Sven hieß, und dies mit einem gefühlvollen Ton und rollenden Rs überkompensierte (wenn er von Starrrt-ups oder Sharrrholderrr Value sprach), war hinter Mascha her, sie wies ihn jedoch zurück. Was die anderen Gäste nicht wussten, war, dass Arkadij Sergeyevič von seiner Bank gefeuert worden war, nachdem er eine millionenschwere Geldanlage in den Sand gesetzt hatte. Der Möchtegern-Schriftsteller Timofej Afanasyevič Sokolow, der für allgemeines betretenes Schweigen sorgte, als er ein von ihm verfasstes Poem vortrug, war ebenfalls Maschas Reizen erlegen, konnte sich aber nicht dazu aufraffen, ihr seine Liebe zu gestehen. Der vom Leben verbitterte und mit einer gefühlskalten Ehefrau gestrafte Gymnasiallehrer Serafim Pantelejevič Fjodorow heiterte auch nicht auf. Das Tableau rundeten Pelageja Iwanovna, eine einst gefeierte, aber mittlerweile ergraute Schauspielerin, und ihr Gatte ab, der erfolgsverwöhnte, zynische Schriftsteller Gennadij Gawrilovič Iwanov, aber wenn er nur wüsste, wie fade und banal er im Grunde war. Dein Part bestand darin, den Gästen aus dem blubbernden Samowar Tee einzuschenken und gelegentlich bedeutungsvolle Sentenzen wie *Ja, die Zeitläufe* oder *Der Herr hat's gegeben, der Herr hat's genommen* fallen zu lassen. Du standest für das alte, plumpe, duckmäuserische und rückwärtsgewandte Russland und fragtest dich, warum man gerade dich für diese Rolle ausgewählt hatte. Den russischen Präsidenten nannten alle Wladimir Flachwixerovič. Mehr passierte in den ersten beiden Akten nicht.

Erst im dritten und letzten Akt eskalierte die Situation, die Ereignisse überschlugen sich. Serafim Pantelejevič warf Timofej Afanasyevič in meckerndem Tonfall vor, dass es seinen Gedichten an inhaltlicher Tiefe und wahrem Gefühl fehlte, was dieser mit einer Aufforderung zum Duell beantwortete. Eine Möwe flatterte durch den Raum, die der herzlose Gennadij Gawrilovič abschoss. Der schon heftig angetrunkene Arkadij Sergeyevič, der inzwischen seinen russischen Akzent völlig zu verloren haben schien, bezichtigte Onkel Petja, Mascha Graf Gribodjew zum Fraß vorzuwerfen. „Und Sie", fauchte er dich an, „warum sagen Sie nicht auch mal was, anstatt hier immer nur wie ein Taubstummer herumzustehen oder Schwachsinn von sich zu geben?" Du gabst zu bedenken, dass Mascha der Stimme ihres Herzens folgen solle. „Mischen Sie sich nicht ein!", kreischte Onkel Petja, der damit die Maske des wohlmeinenden Quatschkopfs vollends fallen ließ, „sehen Sie denn nicht, dass Sie drauf und dran sind, das Glück einer Familie zu zerstören? Und wer hat Sie eigentlich engagiert?" Pelageja Iwanowna nannte ihren Gatten einen, der „seine bornierte Aufgeblasenheit wie eine Monstranz vor sich herträgt" und ein „Studentinnen-Fickerchen". Gennadij Gawrilovič zog sich daraufhin in ein Nebenzimmer zurück, vielleicht um sich eine Kugel durch den Kopf zu jagen. Onkel Petja ging in seine Stallungen, um seinem Pferd seinen Kummer zu klagen. Timofej Afanasyevič wurde niedergeschlagen, als er ein Poem vortragen wollte. Serafim Pantelejevič vergnügte sich zum vielleicht allerersten Mal in seinem Leben richtig köstlich. Man steckte ihn in sein Futteral. Du verhöhntest alle, indem du sagtest, dass man mit Leuten wie ihnen unmöglich einen Krieg gegen die tapferen Ukrainer gewinnen könne. Der Wodka-Pegel ging durch die Decke. Dich hatten sie fieserweise mit dem Namen Smirnoff bedacht. In dem allgemeinen Tumult, der ausbrach, flüsterte Mascha dir zu: „Retten Sie mich! Sie sind der Einzige, der mich befreien kann. Niemand in der Agentur hat mir gesagt, dass es so schlimm werden würde."

Du zögertest keine Sekunde. Mit Ellenbogenstößen, Kinnhaken und gezielten Tritten, der Überdruss wegen all dieser nichtsnutzigen Menschen verlieh dir ungeahnte, niemals auch nur vermutete Kräfte, nachdem du erst einmal deine Antriebsarmut überwunden hattest, bahntest du dir den Weg zum Ausgang, Mascha dicht an dich geschlungen hinter dir. Auf dem Weg in die Stadt in der Straßenbahn legte sie ihren Kopf an deine Schulter, völlig erschöpft und unendlich erleichtert, der stickigen Atmosphäre und dem Irrsinn entronnen zu sein. Bevor sie in deinen Armen in einen Schlummer sank, hauchte sie dir ins Ohr, dass sie dich liebe und dass sie gar keine Russin sei, sondern aus Slowjansk in der Ukraine komme. Und du solltest, wenn ihr euch gleich im Bett aneinander kuscheln würdet und sie dann endlich endlich mal wieder von einem richtigen Kerl genommen würde, schnörkellos, ganz ohne Getue und Gequatsche, das zu rein gar nichts führe, sie einfach Mascha nennen, aber bloß nicht irgendwas mit -owna, und sie würde auch nicht was mit -vič in dein Öhrchen flüstern, denn das bedeute auf Englisch Hexe. Sie werden sicherlich schon vermutet haben, dass sie ziemlich hübsch war. Und so hatte der Film doch noch ein gutes Ende.

*Na, alle literarischen Anspielungen verstanden, zwölf von zwölf möglichen Punkten geholt? Sie brauchen sich aber nicht zu grämen, wenn es weniger oder gar keine gewesen sein sollten. Tschechow lesen hilft immer.*

# Cusco

Ich bin nie in Cusco gewesen, was ich dort erlebt habe, muss ich wohl geträumt haben.

Tagelang bin ich durch den Altiplano geirrt, auf der Suche nach meinem wahren Vater und um mein Erbteil zu beanspruchen. Und verfolgt von dem anderen, der mich töten will. Erst in der Stunde seines Todes hatte mir der, den ich immer für meinen Vater gehalten hatte, mit schon brüchiger und kaum noch zu vernehmender Stimme die wahren Zusammenhänge offengelegt. Nicht er sei mein leiblicher Vater gewesen, obwohl er sich stets bemüht habe, diese Rolle auszufüllen, sondern ein gewisser Manuel Meseta, ein vermögender Gutsherr, dem in seinem Dorf alles gehöre, soweit das Auge reiche, einschließlich des Gesindes. Aber in dem Ort, dessen Name mir mein Stiefvater mit immer leiserer und schwächerer Stimme genannt hatte, fand ich ihn nicht, er wirkte wie ausgestorben. In der flimmernden Hitze der Mittagsstunde traf ich niemanden an in seinen verwinkelten Gassen mit ihren Kopfsteinpflastern und ihren blendend weiß getünchten Häusern, die sich mit eisenbeschlagenen Toren und vergitterten, verschlossenen Fenstern gegen die Außenwelt verbarrikadiert hatten. Auch auf mein Klopfen hin, zunehmend auch mein Hämmern und Kreischen, wurde mir nirgendwo geöffnet. Erst auf meinem Rückweg erfuhr ich von einem Viehtreiber, den ich darauf ansprach, dass Manuel Meseta dort schon sehr lange nicht mehr lebe, sondern irgendwo da oben, und mit diesen Worten wies er vage auf eine entfernte Gebirgskette.

Auf dem Weg dorthin im vollgequetschten Bus begegnete ich zum ersten Mal dem anderen, er saß ein paar Sitzreihen von mir entfernt. Mit einem Blick, aus dem mörderischer, unersättlicher Hass sprach, starrte er mich an. „He, du da, was glotzt du mich so an?'", rief ich ihm zu, so laut, dass die anderen Passagiere erschrocken zu mir herumfuhren. Wie in Trance wandte er den Blick von mir ab, dabei fuhr er sich langsam und bedächtig mit dem Zeigefinger über den Kehlkopf. Wer mochte er sein? Vielleicht ein anderer der Söhne von Manuel Meseta, der mir mein Erbteil streitig machen wollte? Zu den Dingen, die mir mein Stiefvater bis zu seinem letzten Lebenshauch, seine Hände in die meinen gekrallt, anvertraut hatte, gehörte auch, dass Manuel Meseta es sehr toll getrieben habe, er brauchte ja auch nicht zu fragen, sondern konnte sich alles einfach nehmen, was er begehrte. Ich müsste damit rechnen, ja es sei ganz sicher, dass ich noch etliche weitere Geschwister habe. Oder war er einfach nur ein Irrer? Ein religiöser Spinner? Auf meine wenigen Habseligkeiten, die ich in einer kleinen Reisetasche bei mir trug, konnte er es jedenfalls wohl kaum abgesehen haben.

Spät abends fand in dem Dorf, in dem ich in einem „Hotel des miesen Todes" abgestiegen war (*hotel de la mala muerte* auf Spanisch), ein Hahnenkampf statt. Erst wurden den Hähnen ein paar Federn ausgerissen, um sie aufzustacheln, dann die ledernen Schutzhüllen um ihre rasiermesserscharfen Krallen entfernt. Einander entgegengehalten und dann losgelassen gingen die Hähne aufeinander los, es folgte ein Gewirr von Krallenhieben nach einer bestialischen Choreografie wie bei einem Kreisel oder einem sich rasend schnell drehenden Roulette. Dann gelang es dem einen Hahn, dem anderen einen Flügel zu brechen. Gnadenlos setzte er seinem Gegner nach, der sich nur noch mit gesenktem Kopf und in schier unendlicher Traurigkeit in eine Ecke zu retten versuchte. Dann zuckten seine Beinchen im Todeskampf, sein Gegner über ihm hackte immer noch auf ihn ein. Das war's. Unter dem Lärm krawalliger Musik wurden die Wetterlöse verteilt, Rumflaschen gingen von Mund zu Mund. Den Herren des Verlierers schien es, jedenfalls äußerlich, nicht viel zu bekümmern. Er nahm das Wasserglas mit Rum, das ihm sein Kontrahent mit einem Schulterklopfen reichte, entgegen und stürzte es in einem Zug hinunter. Den darauf folgenden Hahnenkampf sah ich mir nicht mehr an.

Zu Fuß ging ich am nächsten Tag weiter, des Wartens auf den Minibus oder Pick-up müde, der einfach nicht ankommen wollte, vielleicht hatte ihn eine Lawine verschüttet oder er war in eine Schlucht gestürzt. Ich spürte, dass er mich verfolgte, auch wenn ich ihn nicht sah. Oder nur manchmal eine Gestalt, die so weit entfernt war, dass ich ihre Gesichtszüge nicht ausmachen konnte. Meist war sie meinen Blicken entzogen, dann tauchte sie plötzlich wieder auf, aber immer in ziemlich gleichbleibender Entfernung zu mir, auch wenn ich den Pfad verließ, um mir mit der Machete den Weg durch dorniges Gestrüpp zu bahnen. So ging es, bis ich gegen Abend im nächstgelegenen Ort eintraf.

Dort wurde ein Sänger-Wettstreit ausgetragen. Umringt von vielen Zuschauern, etliche mit einer Bierflasche in der Hand, auch Rumflaschen kreisten überall, traten zwei Sänger gegeneinander an, jeder der beiden begleitet von einem Trio, ausgestattet mit einem handlichen Akkordeon, einer Ratsche und einer kleinen, doppelköpfigen Trommel. Der eine ein sehr korpulenter Mann in mittleren Jahren mit einem Schnauzer, der andere ein klapperdürrer Alter. Ein *Maestro*, ein Lehrer, raunte mir einer aus dem Publikum ehrfürchtig zu. Gestärkt von einem Bier und einem doppelten Rum, den sie in einem Zug herunterkippten, nahmen die beiden Widersacher ihren Wechselgesang auf, der in pointierten Formulierungen gewürzt war mit Andeutungen auf die angeblich allenfalls nur noch sehr geringe sexuelle Leistungskraft des jeweils anderen und dessen ausbleibende Erfolge bei dem anderen Geschlecht, aber auch dem eigenen. Der Augenschein schien zu bestätigen, dass bei beiden in dieser Hinsicht jedenfalls nicht mehr sonderlich viel lief, das Publikum nahm es mit Gelächter und Wiehern auf. Der Dicke sang von einer Liebe, zum Schmelzen schön, wenn da nicht die unerbittliche Mutter der Schönen gewesen wäre, die ihn wegen seines geringen Standes des Hauses verwies, dann die Flucht der beiden, die von grausamen Häschern mit Bluthunden vereitelt wurde, es folgten Nächte der Verzweiflung in Spelunken bis zum Morgengrauen, flüchtige Liebschaften, nur um sie zu vergessen, was aber nicht gelang, aber am Ende fanden sie doch zueinander und das Herz der zukünftigen Schwiegermama war erweicht. Nichts Neues eigentlich, hat man schon tausende Male gehört. Aber das süße und zugleich kraftvolle Tremolo in seiner Stimme, der wehmütige Ton, der zu uns herüberwehte, und den der Dicke noch durch seine Art verstärkte, Endungen zu dehnen und auf dem Platz nachhallen zu lassen, der immer schneller werdende Takt, den ihm das Akkordeon aufzwang, das in den Händen des Schwarzen zunehmend ein Eigenleben anzunehmen schien, uns kam es vor, als würde es gleich zu glühen anfangen, all dies löste nach jeder seiner Gesangseinlagen Begeisterungstaumel aus, ein Rum um den anderen wurde dem Beleibten eingeflößt. Der Lehrer begann seinen Gesang zunächst stockend und irgendwie meckernd, was aber niemanden im Publikum zu wundern schien, sie kannten ihn ja. Immer mehr gewann seine Stimme an Kraft und Volumen, bis sie den ganzen Platz ausfüllte. Auch sein ihn begleitendes Akkordeon, zunächst langsam und getragen gespielt, geriet zunehmend aus dem Häuschen und ließ uns taumeln und torkeln. Er sang von einer Liebe, so unerreichbar wie der Mond, von dem Schmerz über den Tod eines geliebten Menschen, von der Vergänglichkeit allen Seins, davon, dass wir alle einmal zu Staub zerfallen. Zutiefst gerührt vergab ihm das Publikum die Palme. Auch sein Kontrahent konnte die Tränen nicht mehr zurückhalten.

In einer Kaschemme am Wegesrand trafen wir aufeinander. Mit Hass, der in seinen Augen loderte, fragte er mich, welches Recht ich mir anmaße, in seinem Land herumzustolzieren. Dabei spuckte er aus. Mit Worten voller Hohn und Verachtung überschüttete er mich. Dann holte er ein langes Messer hervor. Seinen Poncho zog er aus, um ihn sich um seinen Arm zu dessen Schutz zu schlingen. „Ich habe kein Messer", entgegnete ich ihm. Einer der Umstehenden warf mir seines vor die Füße. Ich hob es bedächtig auf. Ein anderer reichte mir seinen Poncho, mit einer Miene, die gar nichts auszudrücken schien, nur, vielleicht sogar mit einem Anflug von Bedauern, die feste Überzeugung, dass dies alles so sein müsse und unausweichlich geworden sei. Ich hatte keine Hoffnung, denn ich war in der Kunst des Messerkampfes völlig ungeübt, hatte nie auch nur ein Messer besessen, das für diese Art von Kampf geeignet gewesen wäre. Und ich bin schon immer von eher schwächlicher Statur gewesen, während mein Gegner mich deutlich überragte. Aber merkwürdigerweise erfüllte mich trotzdem kein Gefühl der Angst oder gar Panik, sondern es überkam mich geradezu eine ganz unerklärliche Euphorie, so als sollten sich Dinge, die zu lange in der Schwebe geblieben waren, jetzt endlich klären. Schweigend gingen wir hinaus ins Freie.

*Teilweise ist Cusco der – natürlich völlig aussichtslose und von Anfang an zum Scheitern verurteilte – Versuch, den Stil des Magischen Realismus und vor allem den von Juan Rulfo zu imitieren, aber das kriegen andere ja auch nicht hin, warum sollte ausgerechnet ich es können, das ist ja lachhaft!*

*Einen Hahnenkampf habe ich nie gesehen, würde ich auch nicht wollen. Es soll sie aber geben, trotz der im Allgemeinen sehr tierliebenden Art der Lateinamerikaner.*

*Diese Erzählung mixt manches zusammen, was nicht unbedingt zusammengehört, aus der Folklore und Kultur lateinamerikanischer Länder, von Mexiko über Kolumbien und Peru bis Argentinien, wie Landeskenner sicherlich bemerkt haben. In Peru, wo die Geschichte, nach ihrem Titel zu urteilen, spielt, gibt es – soweit ich weiß – gar keine Sänger-Wettstreite, dafür aber – dort sehr weit verbreitet und Grundlage unzähliger Telenovelas ohne Ende, die auch anderswo den Markt überschwemmen – an der kolumbianischen Karibikküste: Die Vallenato-Musik, schon vor langen Jahren zum Weltkulturerbe erklärt und mit dem, für Südamerika unüblichen, Akkordeon als dominierendem Instrument. In seiner langsameren und bedächtigeren Weiterentwicklung ohne Sänger-Duelle aus dem Stehgreif, der Cumbia, übernahm der Vallenato auch – na ja, zeitweise – die Herrschaft über die Discos der Welt. Die Gefühlspalette des Vallenato ist sehr groß, manchmal auch traurig und wehmütig, vor allem, wenn sie oder ihre hartherzigen Eltern ihn partout nicht haben wollen, ganz und gar nicht, er möge sich einfach verpissen und sonst gar nichts, da sei die Tür, seine allerbeste, wenn nicht einzig gute Seite sei seine Rückseite, und da kann er auch noch so sehr flennen, wie er will, aber danach zeigt er es ihnen allen, oder wenn ein geliebter Mensch gestorben ist, aber meistens ist sie fröhlich, trinkfest und manchmal auch rauflustig, was Machohaftes hat das schon an sich, man muss es klipp und klar und unumwunden sagen. Carlos Vives wird kennen, wer sich, soll's ja geben, für kolumbianische Musik interessiert. Es gibt ihn gleich zweimal, der mit dem kurzgeschorenen Haar ist ein trinkfester Macho und Frauenvernichter, der mit dem schulterlangen Haar und dem Ohrring ein Hippie und Softie, aber bei Frauen macht das in seinen Video-Clips am Ende keinen wirklichen Unterschied. Den einen gibt es jedenfalls gar nicht ohne den anderen. Kann man sich alles auf YouTube oder in anderen Sozialen Medien für einen allenfalls höchst bescheidenen Obulus anschauen und -hören, auch mit englischen Untertiteln, wenn man des Spanischen nicht mächtig ist. Ich weiß darüber halbwegs oder sagen wir besser ein klein wenig Bescheid, vor allem wegen Chila, danke dir, auch für alles andere! Messerduelle mit einem um den Arm zu dessen Schutz gewickelten Poncho wird es auch anderswo gegeben haben oder noch geben, in der Literatur denkt man dabei aber sicherlich zuerst an Erzählungen des Argentiniers Jorge Luis Borges, von den „señoritos", den Messerstechern aus Buenos Aires oder der Pampa, ich denke an „Süden", „Mann von Esquina Rosada" „Das andere Duell" oder „Evaristo Carriego". Lang, lang ist's wohl her!*

*Dass ich noch nie in Cusco gewesen bin, der einstigen Hauptstadt des Inka-Reiches, Sie wissen ja, stimmt gar nicht. Ich war dort schon zweimal zu Hochzeiten eingeladen, von meinen besten peruanischen Freunden Violeta Salas Ayerve, Álex Gandhi Abarca Lezama, Álex Benjamín Abarca Cruz und Samin Stephan (!) Abarca Salas. So, jetzt habe ich auch ihre Namen in diesem Büchlein untergebracht. Etliche weitere beste Freunde müsste ich auch noch aufführen, aber Nachworte sollen ja kurz sein, die Geduld und der Langmut der Leserinnen und Leser sind ja nicht unerschöpflich, also geht das hier nicht bzw. muss ich es an anderen Stellen nachholen.*

# Wohnungsnachbarn

*Diese Geschichte ist auf meinem eigenen Mist gewachsen. In einem gewissen Genre wird es allerdings wohl ähnliche Fantasiekonstrukte geben, die les ich aber nicht, wirklich nicht!*

Meine neuen Wohnungsnachbarn waren eingezogen. Moritz, ein netter Kerl, der aber auf mich seltsam blutarm und anämisch wirkte, ein bisschen so wie ein Albino. Und seine Frau. Ja, wie soll ich Sava beschreiben? Stellen Sie sich eine Mischung aus Catalina Sandino und Nedia Bermejo vor*, aber mit Dreadlocks wie Tentakeln und einer sehr blassen, fast weißen Gesichtsfarbe und kirschrot geschminkten Lippen, dann wird Ihnen dies einen ungefähren Eindruck vermitteln. Aber Sava hatte noch mehr, etwas Mysteriöses, das ich nicht in Worte fassen kann. Ich verglich Sava mit allen Frauen, die ich in meinem Leben gesehen hatte, auch auf der Leinwand. Sava gewann. Wir drei freundeten uns schnell an. Oft saßen wir bis tief in die Nacht zusammen, tagsüber war Sava beruflich verhindert, mit einer oder mehreren Flaschen Rotwein und einer Schachtel Zigaretten, leise Musik hörend, um die Nachbarn nicht zu wecken. Wir plauderten über dies und das, mit der Zeit konnten wir aber auch gemeinsam schweigen. Wir mochten die gleiche Musik, die gleichen Bücher und Filme. Savas witzige und intellektuelle Art, so müssen Frauen für mich sein, Dummerchen haben mich noch nie wegen ihrer Titten angemacht, ließen mich noch mehr dahinschmelzen, man hätte mich vom Boden aufwischen können. Mit einem nachsichtigen, leisen Lächeln, das ihre Lippen umspielte, sie musste das schon tausendmal erlebt haben, übersah sie einmal geflissentlich meine mächtige Erektion. Total übermüdet, wie Moritz immer war, das eine oder andere Mal schlief er sogar in unserem Beisein ein, nahm er weniger an unseren Gesprächen teil. Aber ich mochte ihn trotzdem. Und klar, eine Frau wie Sava musste enorm kräftezehrend sein. So dünn, wie die Wände in unserem Haus waren, hörte ich ihn manchmal nachts wimmern und um Gnade flehen. Ich beneidete ihn zutiefst.

In einem Traum, von dem ich Ihnen jetzt erzählen möchte, war ich der Kapitän eines Seenot-Rettungsschiffes. Wir zogen in stürmischer See die einzige Überlebende eines monströsen Yacht-Seeunglücks an Bord, einer aus der Crew hatte zwei andere mit durch die Herzen gerammten Holzblöcken getötet und sich danach erhängt. Mit letzter Kraft hatte er *Gott sei unseren Seelen gnädig!* auf einen Fetzen Papier gekritzelt. Aber das erfuhren wir erst Wochen danach durch die Zeitungen, bis dahin war die Yacht ja verschollen. Jedenfalls war die Gerettete Sava. So unterkühlt, klatschnass und total am Ende ihrer Kräfte sie war, musste ich ihr erst einmal einen doppelten Rum einflößen, danach musste jemand sie ausziehen, ihren Körper mit einem Tuch kräftig durchrubbeln und sie mit einem die Lebenskräfte weckenden Öl einmassieren, angesichts ihres kritischen Zustandes war auch Mund-zu-Mund-Beatmung nötig. Als Kapitän und ohne ein weibliches Besatzungsmitglied an Bord musste ich diese Aufgaben übernehmen. *Honi soit qui mal y pense!*

Wieder zu Kräften gekommen, stand sie am nächsten Tag die meiste Zeit mit ihrer im Seewind wallenden Dreadlocks an der Reling, ihren Prachthintern allen an Bord zur Schau bietend. Wenn sich unsere Blicke zufällig trafen, lächelte sie mir zu. In Hamburg angekommen, auf den schwankenden Landungsbrücken, in der Gischt und unter dem Kreischen der Möwen und dem Tuten der Überseeschiffe verabschiedeten wir uns mit einem Wangenküsschen, wir versprachen, in Kontakt zu bleiben, und als ich mich schon umwenden wollte, fragte sie mich, ob wir nicht noch ein Gläschen in meiner Kapitänswohnung in Övelgönne zu uns nehmen wollen, das liege doch ganz in der Nähe, in allen Ehren, es würde nichts passieren, sie sei doch kein männermordender Vamp, aber genau das war sie ja. Kaum dort angekommen, ich hatte ihr gerade aus dem Mantel geholfen und sie gefragt, was sie trinken mö…, legte sie mich auch schon blitzschnell mit einem gekonnten Griff auf den flauschigen Teppich vor dem Kamin, von dessen Sims aus mein seliger Vater aus seinem gerahmten Foto mir anerkennd zublinzelte, mit stummen Worten schien er mir zu bedeuten, dass ich mich jetzt aber zu bewähren und seinem Namen alle Ehre zu machen habe. Sie machte sich nicht die Mühe, mein Hemd aufzuknöpfen, sondern riss es einfach auseinander. Ratzfatz war ich auch meiner Hose entledigt. Bei ihr ging es noch schneller, sie trug keinen BH. Was dann weiter geschah in epischer Breite zu schildern, würde den Rahmen dieser Geschichte sprengen. Ich feile an einem Roman darüber, aber bis zu seinem Erscheinen werden Sie sich noch ein paar Jahre gedulden müssen. Soweit mein Traum.

Am nächsten Abend schauten Sava und Moritz wieder bei mir vorbei, mit einer Flasche Rotwein und einer CD meiner internationalen Lieblingsband *Surphuy Waqanki*, so aufmerksam und liebevoll ist Sava auch in kleinen Details. Auf dem Balkon mit der letzten Zigarette der Nacht und den letzten Schlucken Wein, zu den melancholische Klängen von *Llaqtaypa T'ikapallana* von *Surphuy Waqanki*, erzählte sie mir von einem merkwürdigen Traum, den sie in der Nacht zuvor gehabt hatte. In dem Traum war sie, warum, wisse sie nicht, vielleicht müsse man mal bei Dr. Freud nachschlagen, eine Schiffbrüchige, die in allerhöchster Not von einem Rettungsschiff aus dem Meer gefischt wurde. Sein Kapitän, ein sehr gutaussehender und männlicher Typ, der mein Doppelgänger hätte sein können, nahm sie mit in seine Kajüte und … Den Rest des Traums kennen Sie. So wurden wir ein Paar.

*Das wird kaum jemandem gelingen, ohne sich deren Fotos und Filme im Internet angeschaut zu haben. Ist ja auch nur eine kleine Schleichwerbung für zwei sehr gute südamerikanische Filme, „María voll der Gnaden" und „Die letzte Stunde."*

# Gerettet!

*Wenn mich meine Erinnerung nicht täuscht, habe ich in meinem Leben nur drei literarische Werke mit dem Thema Schiffbruch gelesen: „Lord Jim" von Joseph Conrad, „Im offenen Boot" von Stephen Crane und „Bericht eines Schiffbrüchigen" von Gabriel García Márquez. Anmaßende Bezüge zu diesen Meisterwerken werden sich in dieser Geschichte wohl hier und da finden lassen. Kleinstlebewesen suchen sich ihre Nahrung ja oft bei den ganz Großen. Jedenfalls auf dem Meer habe ich ja auch noch nie Schiffbruch erlitten, anders als Conrad und Crane, die aus eigener Erfahrung wussten, wovon sie schrieben, und García Márquez gab eine wahre Geschichte wieder, die ihm von dem Havarierten aus erster Hand bei stundenlangen Treffen erzählt und die von ihm getreulich aufgezeichnet worden war, aber natürlich mit den Ausschmückungen seines Genies\*. Auch mit meiner diesbezüglichen Fantasie scheint es nicht so weit her zu sein, da musste ich mich doch erst mal sachkundig machen, oder?*

*Und wieder Sava.*


„Ach hören Sie doch auf, de Groote, Sie wollen uns doch nicht weismachen, dass Sie als junger Mann zur See gefahren sind!"

„Wenn ich es doch sage. Ich befuhr damals mit dem Frachter *Ocean Tramper*, einem veritablen Seelenverkäufer, den malaiischen Archipel. Eines Nachts in stürmischer See gab das alte Mädchen seinen Geist auf. Die verbrecherischen Reeder hatten unseren wackeren, aber gewaltig in die Jahre gekommenen Kahn mit Schmuggelware weit überladen, sodass wir mächtigen Tiefgang hatten, vielleicht war es aber auch ein Versicherungsbetrug, halt ich für gut möglich. Urplötzlich war eine Stille eingetreten, wie es sie nur in den Tropen gibt, wenn auf einmal alles erstarrt zu sein scheint, selbst die Möwen in der Luft und die springenden

Fische, die Ruhe vor dem Sturm. Erst verdunkelte sich der Horizont, dann schoss ein gewaltiger Wolkenberg empor, der das gesamte Firmament verfinsterte und den Sternenhimmel verschlang, massiv und undurchdringlich wie eine Wand. Noch krachten keine Blitze und kein Donner, alles war still, kein Mucks, und wie in gebannter Erwartung, das Meer wie die Menschen auf ihm. Als wäre die Zeit stehengeblieben. Und wir armen Seelen auf dem Schiff wie in die Ecke gedrängte verschreckte Tiere, vielleicht in den letzten Augenblicken unseres Lebens. Und dann brachen Wind, Regen, Blitze und Donner mit einer Urgewalt über uns hinein, dass es die *Ocean Tramper* wie einen willenlosen Spielball durch die Wellenberge schleuderte, sie drohten sie zu verschlingen, spien sie aber jedes Mal wieder aus. Mal erweiterte sich für uns hoch oben auf einem Wellenkamm der Horizont, mal war er ganz unseren Blicken entzogen, so sehr drängte es das Meer danach, uns in seine tiefsten Tiefen zu ziehen, mit Wassermassen, die wie entfesselte, rachsüchtige Titanen wirkten. Wir klammerten uns an allem fest, was in unserer Reichweite war und uns halbwegs stabil erschien, wie an Strohhalme. Wie lange mochte das alles gedauert haben, eine Stunde oder zwei oder noch länger? Ich kann es nicht sagen, ich hatte das Zeitgefühl verloren. Mit Entsetzen wurden wir gewahr, dass sich ein Großteil der Ladung aus seiner Verankerung gelöst hatte. Lag es an dem Rost, den der *Ocean Tramper* befallen hatte, oder hatten sie auch an den Seilen zum Festzurren der Ladung gespart? Ich weiß es nicht. Jedenfalls nahm der *Ocean Tramper* eine immer bedrohlichere Schlagseite an. Auf allen vieren kriechend, uns aneinander und an der Reling festklammernd, ganz kleine Momente der relativen Ruhe abwartend, wenn der Wind, der Regen und das Meer sich zu einem neuen Frontalangriff sammelten, unter dem Gebrüll des mordsüchtigen Windes und in der kochenden See, schafften wir es bis zu dem Rettungsboot. In einem verzweifelten und panischen Kampf gegen die Zeit gelang es uns, das Boot aus seiner Vertäuung zu lösen. Hinter uns im Boot, den elementaren Naturgewalten hilflos ausgesetzt, trug der *Ocean Tramper,* mit letzter Kraft aufgebäumt, seinen Todeskampf aus, aber alle Lebenskraft verließ ihn mehr und mehr, wie ein zu Tode getroffenes Tier. Wir ruderten, ruderten, ruderten, um nicht von seinem Sog in den Abgrund gezogen zu werden, aber das Meer machte mit uns, was es wollte. Jedoch, der alte Knabe rettete uns, nur langsam, wie im Zeitlupentempo, versank er im Meer, bis wir in sicherer Entfernung waren, um nicht von ihm in sein nasses Grab mit heruntergezogen zu werden. Er starb, wie er immer gelebt hatte, würdevoll. Und er sollte sein Grab auf dem Meeresgrund finden, seiner wahren Heimat, und nicht bei irgendeinem Schrotthändler oder Abwracker. Und so waren wir jetzt im Rettungsboot. Wir, das waren unser Käpt'n Hansen, unser Steuermann Knud, unser bengalischer Smutje Rabindranath und ich. Und so urplötzlich, wie der Taifun über uns gekommen war, hörte er auch wieder auf.

So völlig am Ende unserer Kräfte, wie wir waren, müssen wir nach und nach in einen tiefen Schlaf gesunken sein. Am Morgen war das launische Meer wieder spiegelglatt und jadegrün, wären wir im Urlaub gewesen, hätte es uns entzückt. Eine sanfte Dünung trieb uns voran. Die Ruder benutzten wir nicht, wir hätten nicht gewusst, in welche Richtung es gehen sollte. So sehr wir auch den Horizont absuchten, nirgendwo sahen wir auch nur ein Fleckchen Land. Und wir wollten unsere Kräfte schonen, wir hatten weder Trinkwasser noch Proviant im Boot. Wir versuchten, unsere Hemden als Segel einzusetzen, aber das half gar nichts. ‚Der malaiische Archipel ist übersät mit Inseln und Inselchen‘, machte uns Käpt'n Hansen Mut, die gute Seele, auf irgendeine würden wir schon stoßen. Aber, dachten ich und die anderen wahrscheinlich auch, wenn es dort nichts zu trinken und Essbares gäbe, wären wir trotzdem verloren. Davon sprachen wir aber nicht, wir machten uns gegenseitig Hoffnung, was hätten wir auch anderes tun können. Und vielleicht würden sie ja auch Flugzeuge zu unserer Rettung aussenden oder eine Dschunke würde zufällig unseren Weg kreuzen, redeten wir uns ein, aber überschäumend optimistisch waren wir dabei wirklich nicht. In unseren Taschen trugen wir nichts bei uns, was uns hätte helfen konnte, außer Knuds Schweizer Taschenmesser an seinem Gürtel. Und wir hatten die wasserdichte Armbanduhr des Käpt'ns.

Je mehr sich die Mittagsstunde näherte, umso gnadenloser brannte die Sonne auf uns nieder. ,Du gelbe Mörder-Sau', brüllte Knud sie an, der ein lustiger Typ war, ,wirst einen alten Seemann wie mich nicht fertig machen, vergiss es einfach!' Der Käpt'n schwitzte so, wie nur sehr dicke Männer schwitzen können, denen schon beim Treppensteigen die Puste wegbleibt. Rabi nahm es, jedenfalls äußerlich gesehen, gelassener und stoischer auf, er schien in seinen jungen Jahren noch Schlimmeres erlebt zu haben. Bald waren unsere Lippen von der Sonne und dem Meersalz aufgesprungen. Wie lange, meinen Sie, würde man unter einer solch unbarmherzig sengenden Sonne wohl ohne Trinkwasser und Proviant in einem offenen Boot auf dem Meer überleben können, vier oder fünf Tage vielleicht? In *Bericht eines Schiffbrüchigen* von García Márquez, aufgezeichnet nach einer wahren Begebenheit, waren es ganze zehn Tage, aber diesen Bericht kannte ich damals noch nicht, so konnte er mir auch keinen Trost spenden. Auch sonst nichts außer einer vagen Hoffnung, an die ich mich klammerte.

So verging der erste Tag auf hoher See und der nächste wurde noch schlechter. Wieder kein Land in Sicht. Wir waren offenbar auch weit, weit entfernt von den viel befahrenen Schifffahrtsrouten. Nur einmal erblickten wir am fernen Horizont einen Frachter, aber so sehr wir auch mit den Händen winkten, er sah uns nicht. Wir erwogen, die Armbanduhr des Käpt'ns ins Meer zu werfen, denn es machte uns verrückt, allzu oft auf sie zu schauen, nur um feststellen zu müssen, dass die Zeit quälend langsam verstrichen war, wir machten es dann aber doch nicht. Unser Durst machte uns schier wahnsinnig und auch unser Hunger wurde immer unerträglicher. Bunt schillernde Fischchen umschwammen unser Boot, es war, als wären wir in einem Dokumentarfilm über die tropische Fischwelt dahingetrieben. Keine Ahnung, ob sie essbar waren. Aber das war uns in diesem Moment auch egal. Manche sprangen verspielt und ausgelassen gegen die Bordwand, aber zu unserem Leidwesen keines in unser Boot hinein. Mit aller Kraft, die wir noch aufbieten konnten, droschen wir mit den Rudern auf sie ein, Knud mit seinem Taschenmesser. Wir mussten ein veritables Gemetzel unter ihnen angerichtet haben, aber es gelang uns nicht, eines unserer Opfer an Bord zu holen. Dann verlor auch noch Knud bei einem heftigen Schlingern des Bootes sein Taschenmesser. Ob ich in der Nacht darauf Schlaf fand oder nicht, weiß ich nicht, alles ist in meiner Erinnerung zu einem zähen Nebel verschmolzen.

Und dann noch ein Tag auf hoher See. Ich erspare Ihnen die Einzelheiten. Es war alles wie am Tag davor, nur noch schlimmer. Der Durst und der Hunger nagten an uns und schienen uns aufzufressen, quälend langsam verstrichen die Minuten und Stunden. Einmal überkam mich ein geradezu hysterischer Lachanfall bei dem Gedanken, inmitten unermesslicher Wassermassen zu verdursten.

Am nächsten Morgen kamen dann die Haie. Kraftstrotzende, blutrünstige Gestalten, die uns höhnisch anzublinzeln schienen. Wir kauerten uns in der Mitte des Bootes zusammen, in der Hoffnung, dass sie dort nicht nach uns schnappen konnten. Die Ruder hielten wir schützend vor uns, als ob die Haie sie nicht wie Streichhölzer zerknickt hätten. Aber die Haie griffen uns – vorerst – nicht an. Meister des Psychoterrors und der Zermürbungstaktik, die sie offenbar waren, umkreisten sie den ganzen Tag unser Boot, sie schienen mit unserer Todesangst zu spielen und sich daran zu ergötzen. Gegen Abend zogen sie sich zurück, mussten wohl ihre Nachtruhe halten, in der Vorfreude auf den Festschmaus, der sie am nächsten Morgen erwarten würde.

Aber frühmorgens kam bei uns wieder Hoffnung auf. Die Dünung hatte stark zugenommen, auf einmal wehte eine starke Brise und sie trug uns nun viel schneller voran. Zu unserer unbeschreiblichen Freude erblickten wir am Himmel Möwen und im Meer Treibholz, die für jeden Seemann die allerersten Anzeichen nahenden Ufers sind, oder wie war das bei Kolumbus? Es mag dann noch Stunden gedauert haben, bis tatsächlich Land in Sicht kam. Irgendwann konnten wir dann auch eine kleine Siedlung ausmachen, mit einem Minarett und Hütten mit Palmdächern, die uns wie die herrlichsten Paläste vorkamen, in überbordender tropischer Vegetation. Am Strand wuselten kupferfarbene malaiische Kinder herum. Inzwischen kam auch das Minarett immer näher. Dann drehte der Wind urplötzlich und eine sehr drangvolle Strömung trug uns wieder in das Meer hinaus. Ich weiß nicht, wie wir die Kraft dazu noch aufbrachten, aber wir ruderten, was das Zeug hielt. Jedoch, es war vergeblich. Nach einem langen aussichtslosen Ringen mit der See waren wir wieder in unserer Meereswüste, viele viele Seemeilen von dem rettenden Ufer entfernt, und die Brise trug uns immer weiter in die offene See hinaus.

Und dann kamen auch wieder die Haie, vielleicht um nachzusehen, wie lange wir es noch machen würden. Ich fragte mich, warum sie die Sache nicht einfach zu Ende brachten, welchen Widerstand hätten wir ihnen denn noch entgegensetzen können? Gar keinen. Vielleicht, um sich weiter an unserer Verzweiflung und Todesangst zu erbauen, zu solcher Niedertracht hielt ich sie mittlerweile und in meiner Verfassung für fähig. Sie erlaubten sich den zynischen Scherz, wie Delfine um uns herumzuspringen. Einmal kam das mit Zähnen wie aus Stahl bewaffnete Maul eines Hais ziemlich nahe an mein Gesicht heran. Ach, hätte er doch zugebissen, es wäre vorbei gewesen. Die Dünung war jetzt auch praktisch zum Stillstand gekommen und es war völlig windstill geworden, die Hoffnung, von einem kraftvollen Wind oder einer starken Unterströmung an einen Strand gespült zu werden, war uns also auch genommen. In dem vollen Wissen, dass es uns schaden würde und wir es schon bald bitter zu bereuen hätten, tranken wir Meerwasser aus unseren zu Schalen geformten Händen. Wir schöpften es aus dem Meer, auch auf die Gefahr hin, dass Haikiefer unsere Arme abtrennen könnten. Es verschaffte uns Linderung, für die wir alsbald mit marternden Qualen gepeinigt werden würden, noch schlimmer als diejenigen, die schon über uns hineingebrochen waren.

Und so kam es dann auch. Der Wille, die Hoffnung, die bekanntlich als letzte stirbt, der Lebensdrang scheinen einem manchmal übermenschliche Kräfte zu verleihen, aber jetzt schien der letzte Funken Lebenskraft und Überlebenswille aus uns entwichen zu sein. Ich weiß nicht mehr, ob die Strahlen der Sonne, die mich manchmal aus meinem Dämmerzustand für kurze Zeit auftauchen ließen, bis ich wieder darin versank, die des anbrechenden Tages oder vielleicht schon die der Abenddämmerung waren. Bilder stiegen vor meinem inneren Auge auf, Kindheitserinnerungen, die erste Liebe, Nächte in Spelunken, der Zauber des Orients, solche Sachen. Wir sagten kein Wort, es hätte uns zu sehr angestrengt. Aber irgendwann drängte es Rabi, fast flüsternd und stockend, als spräche er mehr zu sich selbst, von Shila zu erzählen, einem Mädchen aus seinem Heimatort, das er zu heiraten gedachte, wenn er erst einmal genug Geld für ein Häuschen und eine Werkstatt daheim angespart hätte, aber dazu würde es jetzt wohl nicht mehr kommen. Im Übrigen hielt er meist stumme Zwiesprache mit seinen Hindu-Gottheiten. Der Käpt'n rang sich mit schwacher Stimme und langen Pausen – manchmal mussten wir erraten, was er sagen wollte – die Worte ab, dass er doch nur noch anderthalb Jahre bis zu seiner Pensionierung und sich schon so sehr auf seinen geruhsamen Lebensabend mit seinem Enkelkind gefreut habe, seinem einzigen, mehr sei ja bei seinem unsteten Lebenswandel, immer auf See, nicht drin gewesen, aber dieses eine! Und die Gangster von der Reederei würden doch auch um jeden Cent mit unseren Angehörigen feilschen. Hätte er noch Speichel zusammengebracht, hätte er jetzt ausgespuckt. Knud, der mit seiner Seebärenstatur noch die meisten Kraftreserven von uns zu haben schien, sagte, oder besser ausgedrückt, hauchte zu mir: ‚Hab mein halbes Leben auf der See zugebracht, passt ja, dass sie jetzt auch zu meinem Grab werden wird. Keine Ahnung, wo wir jetzt hinkommen werden, aber vielleicht können wir, wenn's denn so ist, dort oben oder dort unten noch die eine oder andere Flasche Rum zusammen köpfen. Hat mich jedenfalls sehr gefreut, dich kennengelernt zu haben, Dicker, und die anderen auch, verdammt tapfere Seeleute!' ‚Knud, und das ist auch gut', antwortete ich ihm mit gebrochener Stimme mit einem kleinen Scherz, den wir manchmal gemacht hatten. Wir lächelten müde. Letzte Worte vielleicht. Geweint wurde nicht, unsere Tränensäcke waren schon zu ausgedörrt.

Stunden danach, wie viele es waren, kann ich unmöglich sagen in unserer Agonie, war es als Erster Knud, der meinte, am Horizont einen kleinen weißen Fleck ausgemacht zu haben. Wir reckten uns mühsam auf und schauten in die Richtung seines vorgestreckten Arms und Zeigefingers. Wir brauchten längere Zeit, bis wir ihn auch sahen. Aber, dachten wir, vielleicht war dies alles ja eine Halluzination, die uns unsere zerrütteten Sinne vorgaukelte. Jedoch, der Fleck wurde mit der Zeit immer größer, bis wir erkennen konnten, was er war: Eine kleine weiße Yacht, vielleicht zehn Meter lang, mit einem keck aufgesetzten Segel. Als sie sich uns immer mehr näherte, erblickten wir an ihrer Reling die schönste Frau, die ich in meinem ganzen Leben gesehen zu haben meinte. Als sie nahe genug an uns dran war, um uns ein Tau hinüberzuwerfen, rief sie uns zu, dass sie Sava hieße. Wir sollten jetzt erst einmal schlückchenweise Wasser zu uns nehmen, um unseren Organismus nicht zu überfordern, aber dann gäbe es viel mehr davon, herrlich kühles, sprudelndes Mineralwasser, das sie in weiser Voraussicht in 10-Liter-Kanistern an Bord verstaut habe. Zu essen gäbe es zunächst etwas leichtes bekömmliches, Rühreier vielleicht, wir müssten unsere Kräfte noch schonen, aber die Steaks im Tiefkühlfach lägen schon bereit. Rum gäbe es frühestens morgen. Sie habe, ließ sie uns wissen, medizinische Kenntnisse und könne uns, gleich nachdem der erste Durst gestillt ist, etwas Blut abnehmen, um es zu untersuchen.

Wir waren gerettet!"

*Die acht Besatzungsmitglieder eines kolumbianischen Zerstörers, die über Bord gegangen waren. *Unverzüglich begann zusammen mit den nordamerikanischen Streitkräften vom Panamakanal, die mit der Militärkontrolle und anderen wohltätigen Werken im Süden der Karibik betraut sind, die Suche nach den Schiffbrüchigen* (O-Ton García Márquez). Aber *nach vier Tagen wurde sie aufgegeben, und die vermissten Seeleute wurden offiziell für tot erklärt. Eine Woche später jedoch tauchte einer von ihnen sterbenskrank an einem verlassenen Strand Nordkolumbiens auf, nachdem er zehn Tage lang, ohne zu essen und zu trinken, auf einem Floß getrieben war. Er hieß Luis Alejandro Velasco.* Eine Zeitlang stand er im Mittelpunkt des Interesses der Medien und der Öffentlichkeit, aber dann *schienen sie einen Helden satt zu haben, der sich für die Reklame von Uhren verdingte, weil die seine im Sturm nicht nachgegangen war; der bei der Werbung für Schuhe auftrat, weil seine so haltbar gewesen waren, dass er sie nicht hatte zerreißen und daher nicht hatte essen können, und in noch vielen anderen Werbeschweinereien. Er war dekoriert worden, er hatte vaterländische Rundfunkreden gehalten, er war als Vorbild künftiger Generationen im Fernsehen gezeigt und zwischen Blumengirlanden und Musikkapellen durch das halbe Land geschleift worden, um Autogramme zu geben und von Schönheitsköniginnen geküsst zu werden. ... Kolumbien lebte damals unter der folkloristischen Militärdiktatur von General Gustavo Rojas Pinilla; dessen zwei denkwürdigste Taten waren ein Studentengemetzel im Zentrum der Hauptstadt, als das Heer eine friedliche Kundgebung im Kugelhagel zerschlug, und die Ermordung durch die Geheimpolizei von einer nie ermittelten Anzahl sonntäglicher Stierkampfliebhaber, welche die Tochter des Diktators in der Arena ausgepfiffen hatten. Die Presse wurde zensiert, und das tägliche Problem der Journalisten der Opposition bestand darin, Themen ohne politischen Zündstoff zur Unterhaltung der Leser zu finden. Bei „El Espectador" waren die mit dieser ehrenwerten Kochkunst Beschäftigten* auch der junge Reporter García Márquez. Er hielt die Geschichte für völlig ausgelutscht, als er beauftragt wurde, sie noch einmal aufzuwärmen, aber das war sie nicht. Als Erster und entgegen allen patriotischen Reden erfuhr er aus dem Munde des Matrosen, dass er und die sieben anderen gar nicht in stürmischer See über Bord gegangen waren, was man im Übrigen auch durch die damaligen Wetterberichte hätte in Erfahrung bringen können, sondern in spiegelglatter und absolut windstiller, weil man das Kriegsschiff bis zu seinem Schornstein (haben Schiffe einen Schornstein?) mit Schmuggelware hoffnungslos überladen hatte. Sehr ergreifend sind die Kurzporträts der sieben Ertrunkenen in dem Kapitel *So waren meine Kameraden, die der See zum Opfer fielen.* Und mächtig ans Herz geht auch die Szene, in der er es als Einziger der acht bis zu einem Rettungsboot schaffte und einer seiner Kameraden, Luis Rengifo, der immer sagte: *An dem Tag, an dem ich seekrank werde, wird die See seekrank,* ihm zurief: *Rudere hierher, Dicker!* Er ruderte und ruderte, aber die Unterströmung trieb ihn immer weiter ab, bis er nur noch schwach den flehentlichen Ruf hörte: *Rudere hierher, Dicker!,* seine letzten Worte. Oder wie er nach zehn Tagen im Boot auf offener See ganz ohne Proviant und Trinkwasser und unter einer sengenden Sonne an Land auf einen Strand kroch und dort eine Kokosnuss fand, in deren Inneren die Flüssigkeit gegen die Schale schwappte. Aber er hatte ja kein Messer oder einen anderen spitzen Gegenstand, um sie zu öffnen, und da überkam ihn dann zum ersten Mal das Gefühl, verrückt zu werden. Wie dann ein kleines Mädchen, das ihn sah, schreiend davonlief, *Help me!* konnte er ihr gerade noch nachrufen. Wie dann nach längerer Zeit andere herbeieilten, die ihm die Kokosnuss auch nicht öffneten, sie hätten keine Buschmesser dabei, sagten sie, dabei trugen sie welche unübersehbar an ihren Gürteln. Ein Arzt hatte ihnen eindringlich aufgetragen, dem Schiffbrüchigen nichts zu trinken zu geben, bevor er medizinisch untersucht wurde, er könnte sonst kollabieren. *Ich bin Luis Alejandro Velasco,* stammelte er wie von Sinnen *und war Matrose auf dem Zerstörer „Caldas". Zehn Tage bin ich in einem Boot auf dem Meer getrieben.* Und fast schreiend fragte er einen der Männer: *Wie heißt dieses Land?* Und er gab mir völlig natürlich die einzige Antwort, die ich in diesem Augenblick nicht erwartet hatte: *Kolumbien.*

# Der Jazz-Abend

*Aber ein Musiker weiß, dass es keine Vergangenheit gibt. ...*
*Wer malt oder schreibt, tut nichts anderes als Vergangenheit*
*auf seine Schultern zu laden, Worte oder Bilder. Ein Musiker*
*befindet sich stets im leeren Raum. Seine Musik existiert genau*
*in diesem Moment nicht mehr, in dem er zu spielen aufhört.*
(Antonio Munoz Molina, *Der Winter in Lissabon*)

Zur Einstimmung auf den Jazz-Abend des Giangiacomo Rodríguez Trios genehmigte sich Emil ein edles Pfeifchen – Auto
Cinderella Jack, man gönnt sich ja sonst nichts – und ein paar
Klopfer. Und dann noch ein paar. Der Kanon des Jazz sollte neu
interpretiert und vermessen werden, wie es in dem Beiheft hieß,
in einem stilistisch weiten Spannungsfeld mit elektronischen
Klangwagnissen, Entdeckungsreisen in musikalisches Neuland,
Tempoverschiebungen und bestürzend unvorhersehbaren, schier
unglaublichen Wechseln. Zunächst spielten die Musiker zöger-
lich, als wären sie sich noch unschlüssig und als wüssten sie auch
nicht so recht, was sie dort eigentlich tun sollten. Kennt man
ja, ist wie ein Ritual. Aber dann gewann die Musik Fahrt. Sie
verband altvertrautes Terrain mit verzwickten Rhythmen, ver-
mied aber Klischees der Gefühlstiefe und Innerlichkeit durch
gerade noch rechtzeitig ironisierende und sich selbst parodisie-
rende Brechungen. Der usbekische Pianist präsentierte sich als
ausgebuffter Techniker, der machtvolle Klangteppiche ausbrei-
ten und Läufe perlen lassen konnte, sowohl klangfarbenreich als
auch motivisch weitgespannt und dabei eng mit seinen Partnern
kommunizierend, wie im innigen Zwiegespräch, schnörkellos
und präzise. Manchmal mit einer Kippe im Mundwinkel und
auch schon mal einhändig, weil er mit der anderen Hand einen
Schluck Rotwein trank. Und was soll man noch groß über Gi-

angiacomo Rodríguez sagen, den Altmeister und nimmermüden Diener des Jazz? Klischees vermeidend oder sie augenzwinkernd in seine Improvisationen einbauend, akustische Wagnisse eingehend, technisch virtuos, manchmal wie in Gedanken ganz woanders und dann urplötzlich wieder ekstatisch, dass es das Publikum von den Stühlen riss, dann aber auch wieder verspielt und vorgetäuscht unernst bei kleinen Motiven, führte er nahezu die ganze Bandbreite dessen vor, was Jazz sein kann und sein sollte, wenn er zu einer Sache des Herzbluts geworden ist. Wie bei einem perfekten Fick, der auch noch die hochgestecktesten Erwartungen erfüllt. Als große Überraschung und eigentliche Entdeckung des Abends erwies sich der junge frankokanadische Neuzugang des Trios mit seiner Trompete. Hier war ein begnadeter Virtuose zugange, der sein Instrument souverän und abgeklärt beherrschte, mit einer breit gefächerten Palette ganz unterschiedlicher Stilelemente, von Bebop über Avantgarde bis hin zu Crossover-Projekten und Einflüssen aus der Musik der amerikanischen Ureinwohner. An manchen Stellen gelang es ihm, immer ehrerbietig, das schon, sich aus dem Schatten des schier übermächtigen Stilideals von Giangiacomo Rodríguez zu lösen und ganz eigene Akzente zu setzen, mit untrüglichem Gespür für die hohe Kunst der Improvisation, Weckrufe eines Aufbruchs in neue Klangwelten. Mit Momenten einer fast schon überbordenden Emphase und Eindringlichkeit, die aber durch humoristische Abschweifungen auf ein gut erträgliches Maß zurückgeführt wurden, ständig das Feedback mit dem Publikum suchend und findend, mit Passagen, wie beiläufig eingesetzt, als wären sie den Musikern gerade eben eingefallen, strahlte das Giangiacomo Rodríguez Trio ein flüchtiges und zerbrechliches Glück des Augenblicks aus, das alle und jeden und den Kosmos zu umarmen schien.

So war denn auch niemand im Publikum sonderlich überrascht, ja man sah es geradezu als zwangsläufige Folge der Saitenakrobatik und des traumwandlerisch sicheren Verständnisses der drei Instrumentalisten an, dass zwei holde Engel herabschwebten, und getragen von den mächtig sich auftürmenden Klangkaskaden mit Emil zur Kuppel des Konzertsaals emporschwebten. Die Klangwagen, die spielerische Leichtigkeit im Flow der Töne, die pulsierenden Pattern, alles trug zu diesem Moment der Erhabenheit bei. Sanft und behutsam, als wollten sie die Süße des Augenblicks bis zum letzten Moment auskosten, klangen die Schlussakkorde, noch eine Weile im Konzertsaal nachhallend, aus. Und dann ließen die Engel Emil los.

*Von Jazz verstehe ich rein gar nichts. Auf einige Formulierungen in dieser Geschichte bin ich durch die Lektüre von Konzertkritiken des renommierten Jazz-Experten Ralf Dombrowski in der „Neue Musikzeitung" gekommen. Die eine oder andere habe ich von ihm wörtlich übernommen, ich muss es gestehen, meistens habe ich mich aber bemüht, sie zumindest abzuwandeln und mit eigenen Einfällen zu durchsetzen, ich möchte ja nicht allzu sehr des Plagiats bezichtigt werden. Das mit dem perfekten Fick ist von mir. Der ironische Ton, der sich dabei in die Erzählung eingeschlichen hat, liegt allein an meiner Art zu schreiben, ich kann halt nicht anders, aber nicht an den enorm sprachmächtigen Arbeiten von Ralf Dombrowski.*

# Mico

In der Finsternis des Hauses lauert er auf mich, um mich zu töten. Aber ich werde es ihm jedenfalls nicht leicht machen, mit meinem scharfen Hackmesser und der Heckenschere.

Unser Katerchen Mico war verschwunden, einfach so. Wir suchten überall nach ihm, fragten die Nachbarn, hängten sein Foto mit dem Versprechen einer Belohnung an Laternenpfähle, nichts half. Wir waren sehr traurig, war der kleine Kerl uns doch mächtig ans Herz gewachsen. Wir malten uns aus, was ihm widerfahren sein könnte. Vielleicht hatte ihn jemand unbeabsichtigt irgendwo eingesperrt, wo er nicht mehr herauskonnte. Oder böse Menschen hätten ihn entführt und er wäre jetzt traumatisiert. Oder ein Untier wäre über ihn hergefallen. Dann stand er eines Tages wieder schnurrend vor unserer Tür. Was für eine unbeschreibliche Freude!

Meine Frau litt unter Depressionen und Angstzuständen. Manchmal fühlte sie sich auch auf der Straße verfolgt, etwa von Typen, die sich dann als ganz harmlos herausstellten. Oder sie argwöhnte, dass unsere doch ganz netten Hausnachbarn ihr gegenüber feindselig eingestellt seien und etwas im Schilde führten. Nichts half. Das Geld für den Psychotherapeuten war zum Fenster rausgeworfen, die Medikamente machten sie apathisch, manchmal aber auch aggressiv. Vermeintliche Freunde wie die, die mich mit Ratschlägen behelligten nach Art von, sie solle sich doch ein sie ausfüllendes Hobby suchen oder sich einfach mehr zusammenreißen, hingen mir zunehmend zum Hals heraus. Ich dachte, ein Kätzchen würde ihr guttun und am Anfang schien dies auch so zu sein, na ja, wenigstens ein kleines bisschen.

Nach Micos Rückkehr nahm ich jedoch bei ihr eine Beklemmung wahr, die über ihr gewöhnliches Maß noch hinausging. Irgendwann sprach sie zu mir von einer Wesensveränderung, die sich bei Mico während seines Verschwindens vollzogen haben müsse. Er schnappe jetzt nach ihr und fauche sie mit böse funkelnden Augen an, wenn sie ihn im Schlaf streichle. Seine Art, sich von hinten anzuschleichen, sich hinter Möbelstücken zu verstecken oder urplötzlich an den unerwartetsten Orten aufzutauchen, mache ihr Angst. Ich versuchte sie zu beruhigen, so gut ich es konnte. Mico kannte ich nur als absolut zutrauliches und ganz unaggressives Kätzchen, das nicht einmal sonderlich scharf auf Mäuse war oder sich sogar ein blutiges Näschen holte, wenn es sich mal mit einer anlegte. Es in ein Tierheim zu geben oder auszusetzen, wie sie zunehmend hysterisch verlangte, brachte ich nicht übers Herz. Sie verstieg sich sogar zu der Forderung, über all das nicht in seinem Beisein zu reden, als könnte er uns verstehen. Schließlich einigten wir uns darauf, für das Tier ein neues Herrchen oder Frauchen zu suchen, es müssten aber absolut vertrauenswürdige und liebevolle Leute sein. Mit der Suche ließ ich mir dann aber Zeit. Ich hoffte darauf, dass sich die Phobie meiner Frau legen und Mico sie mit seinem einnehmenden Wesen wieder für sich gewinnen würde. Meiner Frau log ich vor, was ich schon alles in dieser Hinsicht unternommen hätte, leider bislang ohne den gewünschten Erfolg. Der Psychotherapeut gab mir Recht. Sie müsse sich ihren Ängsten stellen, nur so könne sie diese überwinden.

Dann musste ich auf eine mehrtägige Geschäftsreise. Sie klammerte sich an mich und flehte mich an, sie nicht mit Mico allein im Haus zu lassen. Nun kannte ich Mico als Kätzchen, das, wie die meisten seiner Artgenossen, tagsüber gerne stundenlang im Freien herumstreifte. Im Haus war er eigentlich nur in den Abend- und Nachtstunden und dann könne sie sich ja, versuchte ich sie zu beruhigen, im Schlafzimmer einschließen, wenn sie sich vor ihm fürchte. „Er hört uns jetzt gerade zu, er wartet darauf, dass du außer Haus bist und dann wird er mich töten", flüsterte sie, aber mehr zu sich selbst als zu mir und irgendwie klang es schicksalsergeben, so als müsse dies alles so sein und als ob es keine Rettung für sie gäbe.

Auf der Geschäftsreise erreichte mich dann ein Anruf auf meinem Handy, von unserem örtlichen Krankenhaus. Meine Frau sei die Treppe heruntergefallen, die Putzfrau mit dem Zweitschlüssel habe sie gefunden, ihr Zustand sei äußerst kritisch, sie sei so gut wie gar nicht ansprechbar, verlange aber nach mir, ich müsse sofort kommen. Auf der langen Rückfahrt mit dem Auto schossen mir düstere Gedanken durch den Kopf. Immer wieder dachte ich an Damian aus dem Film *Das Omen*, den Sohn des Teufels, der auf genau diese Art seine Adoptivmutter umbrachte. Spät nachts in der Klinik angekommen sagte mir der diensthabende Arzt mit betroffener, aber auch irgendwie geschäftsmäßiger Miene, dass man nichts mehr für meine Frau habe tun können. Ihr Zustand konnte zunächst etwas stabilisiert werden, aber dann habe ein fürchterlicher Panikanfall sie überkommen, bei dem sie wiederholt jemanden anflehte, sie nicht zu töten und immer wieder einen Namen wiederholte, Mico. Aber es gebe nicht den allergeringsten Hinweis auf eine gewaltsame Tötung. Die Haustür sei abgeschlossen gewesen und niemand sonst im Haus außer einem kleinen Kätzchen.

In finsterster Nacht traf ich zu Hause ein. In der Garage bewaffnete ich mich mit einem Hackmesser und einer Gartenschere. Ganz leise schloss ich die Haustür auf, um kein Geräusch zu machen, aber er hörte doch alles. Jetzt gab es nur noch eine einzige Frage: entweder er oder ich.

*Ray Bradbury hat mal was Ähnliches geschrieben, aber natürlich unendlich besser, auch weit länger und mit subtilem psychologischen Blick auf ein erkranktes Gemüt und seine Wahnvorstellungen, „Ein kleiner Mörder", aus dem Band „Der Tod kommt schnell in Mexiko", im englischen Original heißt er „A Memory of Murder", für solche Verbrechen sollte man Übersetzer, Lektoren und Verlage zur Rechenschaft ziehen! Nur dass in dieser Geschichte – noch weit gruseliger – das neugeborene Kind der zunächst überglücklichen Eltern der tatsächliche oder vermeintliche Mörder ist. Andere werden auch schon entfernt vergleichbare*

*Handlungsfäden zu Papier gebracht oder zu B-Movies verwurstet haben. Haustiere, die ihre Herrchen attackieren, dürften im Horrorgenre ein weit verbreitetes und beliebtes Sujet sein. Aber ich kenne diese Geschichten oder Filme nicht oder jedenfalls kann ich mich nicht an sie erinnern. Ich zieh mir auch echt nicht viel Horror rein, auch wenn die Leserinnen und Leser dieses Büchleins vielleicht an manchen Stellen einen anderen Eindruck gewinnen mögen.*

# Wie Du Dich verändert hast

*Quem te viu, quem te vê*

*Você era a mais bonita das cabrochas dessa ala*
*Você era a favorita onde eu era mestre-sala*
*Hoje a gente nem se fala, mas a festa continua*
*Suas noites são de gala, nosso samba ainda é na rua*

*Hoje o samba saiu, lá, lá, lá! Procurando você*
*Quem te viu, quem te vê*
*Quem não a conhece não pode mais ver pra crer*
*Quem jamais a esquece não pode reconhecer*
(Chico Buarque de Holanda, *Quem te viu, quem te vê*)

Ein Lied des Brasilianers Chico Buarque (* 19. Juni 1944). Dem von *A Banda* (*Die Band*) und *A pesar de você* (*Dir zum Trotz*), einer Anti-Diktatur-Hymne, aktueller denn je, und von sehr vielem anderen mehr, darunter auch ein paar Romanen, Klassikern. Wie *Budapest*, die saukomische, aber auch tief hintergründige Geschichte eines Brasilianers, der aus unerfindlichen Gründen in jungen Jahren beschließt, Ungarisch zu lernen, und es darin im Lauf seines Lebens nach manchen Abenteuern und Verwicklungen bis zur absoluten Meisterschaft und zur Verleihung des höchsten ungarischen Lyrikpreises bringt. Ein Buch über eine lebenslange Leidenschaft für etwas, das niemanden sonst interessiert und das auch nicht den allergeringsten Nutzen zu haben scheint, ähnlich dem Latein-Lernen. Als Chico Buarque kürzlich der renommierteste portugiesisch-brasilianische Kulturpreis verliehen wurde, kündigte Präsident Jair Bolsonaro an, die Verleihungsurkunde nicht, zusammen mit seinem portugiesischen Amtskollegen, zu unterzeichnen, für eine solche zeitlebens destruktive linksversiffte Zecke gebe er doch seine Unterschrift nicht her ... so oder so ähnlich drückte er sich aus. Chico Buarque kommentierte dies mit den Worten, dass er überglücklich sei, gleich zwei derart hohe Auszeichnungen zu erhalten. So ist er. Chico bedeutet übrigens nur im Spanischen Junge, im Portugiesischen ist es die Kurzform für Francisco.

Die nachfolgende Übersetzung von mir ist nicht ganz wörtlich, an der einen oder anderen Stelle ginge das auch gar nicht oder es klänge seltsam, aber ich bin sicher, dass sie sinngemäß richtig ist:

*Wie Du Dich verändert hast*

*Du warst die Schönste der Mulattinnen dieser Formation*
*Du warst die Favoritin, überall wo ich durch das Programm führte*
*Heute reden wir nicht mehr miteinander, aber das Fest geht weiter*
*Deine Nächte sind Gala-Veranstaltungen geworden,*
*unser Samba ist noch auf der Straße*

*Heute ist der Samba auf der Suche nach Dir, la, la, la!*
*Wie Du Dich verändert hast*
*Wer Dich damals nicht gekannt hat, wird uns heute nicht verstehen*
*Wer Dich nie vergessen hat, wird Dich nicht wiedererkennen*
(Chico Buarque de Holanda, *Wie Du Dich verändert hast*)

Wir gingen zusammen zur Schule, von der fünften Klasse bis zum Abi. Du warst das schönste Mädchen weit und breit, für mich so unerreichbar wie der Mond oder, besser gesagt, der Saturn. Sexuell reizte ich Dich nicht die Bohne, in dieser Hinsicht spielte ich in einer weit niedrigeren Liga und auch dort bestenfalls im unteren Mittelfeld. Mehr als in Gedanken an Dich zu onanieren, war nicht drin, aber das tat ich unzählige Male, nicht selten mehrmals am Tag. Zu meiner Glückseligkeit erwähltest Du mich eines Tages zu Deinem Vertrauten, zu so etwas wie Deinem Schildknappen. Mit mir konntest Du Dich über gute Bücher unterhalten, mit kaum einem anderen sonst. Wir liebten beide die Russen, so gefühlstief und existenziell. Und die Franzosen, so freigeistig und gegen alle Konventionen. Viel besser wie die verklemmten Angelsachsen, selbst wenn die über Sex schreiben, täten sie dies doch vor einem prüden Hintergrund, den sie dann mit Brutalität überzukompensieren versuchten. Obwohl, der eine oder andere ... Wir sahen uns in Programmkinos Filmklassiker wie *Metropolis* oder *Die Fahrraddiebe* an, herkömmliche Kinos mit ihrem kommerziellen Scheiß interessierten uns nicht. Aber der italienische Neorealismus und der französische *Film noir* mit ihrer brutalen desillusionierten Sichtweise der Welt, am liebsten in Schwarz-Weiß und flimmernd, taten es uns an, ich weiß auch nicht, warum. Sehr frühreif, wie wir beide waren, wird es wohl kaum an der Pubertät gelegen haben, aber vielleicht doch. Zeitweise studierten wir zusammen Marx und Engels, so war das damals. In der progressiven Schülergruppe, in die wir eintraten, verwandelte sich der revolutionäre Drang der Jungmänner sogleich in einen ganz anderen, die Mädchen blitzten Dich böse an. Schon vor dem Ende der Pubertät war dann für uns aber auch komplett Schluss mit dem Marxismus-Leninismus. Oft batest du mich, auf den Stuhl neben Dir Platz zu nehmen, um Dir einen aufdringlichen Verehrer vom Leib zu halten. Sie hassten mich deswegen abgrundtief und wegen meiner Nähe zu Dir, die sie nicht verstehen konnten, und manchmal wäre es auch bis zu einer Schlägerei ausgeartet, wenn Du nicht dabei gewesen wärest. Die anderen lachten über uns, wenn sie uns sahen, oder sie erklärten Dich für verrückt, aber sexuell lief ja rein gar nichts zwischen uns, es war für Dich, nicht für mich, ganz und gar nicht, was rein Geistiges, wenn man das so nennen will. Vielleicht hielten sie mich auch für schwul und damit für keine Gefahr für Dich und für sie. Du hattest in dieser Zeit gar nicht so viele Liebschaften, je nachdem, wie man rechnet, waren es drei bis sieben. Ich weiß es, denn Du erzähltest mir ja alles. Ich wand mich innerlich vor Schmerzen, hätte mir am liebsten die Ohren zugehalten oder in die Tischplatte gebissen, wenn Du mir von Deinen Beziehungen und One-Night-Stands berichtetest. Wie viele schlaflose Nächte werde ich danach wohl zugebracht haben, wie viele mit ziellosen Wanderungen durch die nächtlichen menschenleeren Straßen? Es lag wohl nur an meiner eher schwächlichen Statur und meiner Brille, dass ich nie eine Schlägerei mit einem Deiner Lover auf dem Schulhof anzettelte. Er hätte mich in Sekundenschnelle gewaltig verdroschen, Du standest damals auf muskulöse Typen. Aber vielleicht wärst Du danach in Tränen aufgelöst zu meinem Krankenbett herbeigeeilt, mir, Deinem edlen Ritter, hättest Du Deine ewige Liebe geschworen. So oder so ähnlich waren damals meine Gedankengänge und das jeden gottverdammten Tag. War wohl doch die Pubertät, aber im Grunde denke ich bis heute nicht viel anders. Aber ich bemühte mich, mir nie etwas anmerken zu lassen. Nie versuchte ich, Hand an Dich zu legen oder Dir meine Liebe zu gestehen, es wäre mir wie eine Entweihung vorgekommen.

Nach dem Abitur zogst Du weg. Am Anfang schrieben wir uns noch ab und zu, aber das wurde immer weniger, bis es dann ganz aufhörte, wie's halt so geht. Ich heiratete und nach ein, zwei Jahren ließen wir uns schon wieder scheiden, sicherlich auch, weil ich das eine oder andere Mal beim Sex Deinen Vornamen schrie, was natürlich zu seinem abrupten Ende und viel Weinen, Geschrei und Türenschlagen führte. Und weil sie die Fotos von Dir, die sie eines Tages in einer Schublade fand, zu kleinen Fetzchen zerriss. Die Eheberatung bei dem Psychotherapeuten machte alles nur noch schlimmer, weil ich schon wieder ihren Namen mit Deinem verwechselte. Schade um sie, hoffentlich hat sie einen gefunden, der besser zu ihr ist, als ich es war. Ich nahm einen öden Bürojob an, jeden Tag so ziemlich dasselbe und am Monatsende blieb nicht viel übrig. Morgens und am späten Nachmittag meist eingezwängt in der Straßenbahn, immer in ein Buch vertieft. Mich damals kann man sich als ziemlich einsamen Menschen vorstellen. Aber mir war es recht, einen Psychotherapeuten suchte ich deswegen nicht auf, warum auch?

Aus reinem Zufall sah ich Dich dann Jahre später auf einer Kino-Leinwand. Du hattest Deinen Nachnamen geändert, hießt jetzt *Reyes*. Nach einer Deiner Großmütter, die offenbar sehr wohltuend und das äußerliche Niveau deutlich hebend in Deinen Stammbaum eingegriffen hatte. Und natürlich auch, um Dein Latina-Aussehen noch zu betonen, mit dem pechschwarzen glatten Haar, dem dunklen Teint und den Augen wie lodernde Glut. Und, vermute ich, auch, um alles Bisherige hinter Dir zu lassen. Deinen Nachnamen sprachst Du mit rollendem Zungenspitzen-R aus, alles Show. Ich erkannte Dich sofort wieder.

Der Film war gar nicht so schlecht. Ein psychologisches Kammerspiel über in ihre Ängste Verstrickte mit einem tödlichen Ausgang. Was für Programmkinos, nicht für den breiten Geschmack. Ziemlich grell und expressionistisch. Das man so was noch sah! Insgesamt hatten sich der Drehbuchautor und der Regisseur wohl zu viel vorgenommen, aber einzelne Passagen waren ihnen gelungen. Bei anderen wiederum schienen ihnen die Einfälle ausgegangen zu sein, aber sie hatten ja Dich, um solche Stellen zu überbrücken. Dein Gesichtsausdruck schien mir manchmal zu besagen, dass Du Dir was weit Besseres als diesen Film und dieses Drehbuch gewünscht hättest, aber dass Du fest entschlossen warst, das Beste daraus zu machen. Was Dir auch gelang. Ich war sicher, dass Du diesen Film gerettet hattest, ohne Dich hätte er es in kein Kino geschafft. So sahen es auch die wenigen Filmkritiken, die ich hierzu las. Weitere gab es nicht, so sehr ich auch im Internet danach suchte. Dort brachte ich in Erfahrung, dass Dein Twitter-Account die Zahl von 3.000 Followern überschritten hatte.

Auch die nächsten paar Filme mit Dir in der Hauptrolle waren eher was für Nischen und gelangten nur in Vorstadtkinos, wenn deren Betreiber intellektuell angehaucht waren oder sich diesen Anschein geben wollten. Künstlerisch anspruchsvoll, aber Du übertreibst es nicht, sondern fandest immer das richtige Maß. Auch wenn Deinen Regisseuren oder Drehbuchautoren Höheres vorschwebte, im Grunde warst Du es, die den Film machte und nicht sie. Der große Durchbruch gelang Dir dann mit einer Gesellschaftskomödie, an vielen Stellen witzig und originell, an anderen nach meinem Geschmack mit zu plumpen und vorhersehbaren Anspielungen auf die aktuelle Politik. Aber das Publikum wieherte und die Filmkritiker vergaben Bestnoten. Du gingst jetzt geradezu viral und bekamst eine Dir treu ergebene Fan-Gemeinde. Ich hätte jetzt damit angeben können, Dich einmal sehr gut gekannt zu haben, aber ich erwähnte es nie, gegenüber niemandem. Auch nicht, wenn sich Kollegen mal an einem Deiner Zeitschriften-Fotos aufgeilten. Bald hatte Dein Twitter-Account die Marke von 50.000 Fans geknackt und es wurden immer mehr. Wieviele werden es heute wohl sein? Ach, fällt mir gerade ein, Du hast ja gar keinen Twitter-Account mehr. Aber ich greife vor.

Einige Zeit später las ich, dass Du einen Filmmagnaten geheiratet hattest, so reich wie Onkel Dagobert und Jahrzehnte älter als Du, aber mit seinem grau melierten Haar sah er immer noch sehr gut aus, und er stand in dem Ruf, ein großer Frauenvernichter zu sein. Deiner Karriere war das sehr förderlich. Du bekamst jetzt Filmpreise, höchst lukrative Angebote, die Kritiker überschlugen sich, in Talkshows wurdest Du herumgereicht. Aber so gut spielen wie in Deinen ersten Filmen sah ich Dich nie wieder. Vielleicht nur für mich, aber überhaupt nicht für die Zuschauer und Journalisten, waren es jetzt die Regisseure und Kameraeinstellungen, die Unzulänglichkeiten überspielten, in Deinen Anfängen als Schauspielerin war es genau umgekehrt gewesen. Du spieltest sehr routiniert, aber manchmal schien ich in Deiner Miene einen Hauch von Überdruss wahrzunehmen. Deiner Karriere tat das aber überhaupt keinen Abbruch, im Gegenteil, man huldigte Dir wegen Deiner kühlen Art, unter der angeblich glühende Lava ströme.

In den Medien wurden Dir Liebschaften angedichtet oder vielleicht hattest Du sie ja tatsächlich. Einmal gerietest Du total zugedröhnt in eine Verkehrskontrolle. Ich erkannte Dich nicht wieder. Warst Du das noch? Es war, als wäre ein Denkmal eingestürzt, das ich mir von Dir errichtet hatte, oder als wäre ein Fantasiegebilde zerfetzt worden, das nur ich von Dir gewoben hatte, das Deiner unzähligen Fans war ja ein ganz anderes. Über großen Erfolg von Dir hätte ich mich von Herzen gefreut, aber nicht so. Es tat mir weh. Sicherlich, dachte ich, würdest Du mich heute nicht mehr wiedererkennen und achtlos an mir vorbeigehen, wenn wir uns zufällig auf der Straße begegneten. Mit Wehmut dachte ich es, aber die Zeit heilt ja alle Wunden, ich war mehr und mehr darüber hinweggekommen. Das redete ich mir zumindest ein.

Aber Du erkanntest mich sofort wieder. Eines späten Nachmittags, als ich nach der Arbeit die Einkaufsmeile in der Innenstadt entlangschlenderte, umarmte mich zu meiner allergrößten Verblüffung eine Frau, angetan mit einer großen Sonnenbrille, einem tief in die Stirn gezogenen Hut und einem unförmigen Mantel. Sie drückte mir einen festen Kuss auf die Wange und sagte: „Ich bin so froh, Dich zu sehen, Du kannst Dir gar nicht vorstellen, wie sehr." An Deiner Stimme und als Du die Sonnenbrille abnahmst, erkannte ich Dich sofort wieder. Wir gingen in ein Bistro und tranken zur Feier unseres Wiedersehens erst einen und danach noch weitere Proseccos. Wir schwelgten in Erinnerungen. Ich erkundigte mich nach Deinem Ehemann. „Er trinkt und bumst rum, aber so lässt er mich wenigstens in Ruhe", antwortetest Du, nicht bedauernd, sondern als müsse das so sein. Dann musstest Du auch schon weiter, zu irgendeiner Soiree, öde und oberflächlich. Wir tauschten unsere Handy-Nummern aus und versprachen, in Verbindung zu bleiben. Aber ich nahm mir vor, Dich nicht anzurufen. Um meines Seelenfriedens willen wollte ich die alten Geschichten nicht wieder aufrühren und unsere Lebenswelten hatten ja auch nicht mehr den allergeringsten Berührungspunkt.

Dann, etliche Monate später, mitten in der Nacht, nach zwei Uhr, ich schlief schon lange tief und fest, weckte mich mein Handy.

Ich stieß einen gotteslästerlichen Fluch aus und wollte zunächst nicht drangehen. Nach dem Aufstehen hätte mich ein besonders nerviger Tag im Büro erwartet, mit einem wie meist übellaunigen Chef, umringt von Arschkriechern, und mit Fristen, die, mit rotglühender Nadel gestrickt, einzuhalten waren. Aber das Handy ließ nicht locker. Irgendwann ging ich genervt dran, in der Erwartung, irgendeinen Besoffenen was von „„tschuldigung, hab mich wohl verwählt" lallen zu hören, den ich dann gehörig zusammengeschissen hätte. Aber Du warst es. Du wirktest völlig benommen, vielleicht unter dem Einfluss von Alkohol oder Drogen oder beidem. Du flehtest mich an, Dich mit meinem Auto jetzt gleich abzuholen. Du nanntest mir den Namen einer Straße, dort würdest du in einem Hauseingang auf mich warten, und wir müssten dann sofort raus aus der Stadt, nur raus, Du würdest verfolgt. Ich eilte. Dort angekommen musste ich Dich auf den Beifahrersitz hieven, allein hättest Du es nicht mehr geschafft. Du seiest in höchster Gefahr, sie seien hinter Dir her, entnahm ich Deinen wirren Worten. Ich müsse Dich sofort mit meinem Wagen irgendwohin ins Ausland bringen. Aber so sehr ich auch in Dich drang und insistierte, Deinem Gebrabbel war nicht zu entnehmen, wer Dich verfolgte und warum. „Hilfst Du mir?", wimmertest Du. Ich traf eine dieser Entscheidungen, die man danach vielleicht sein ganzes Leben lang bereut. „Ja", sagte ich. Während der Fahrt versankst Du in einen tiefen Schlaf, in den Dich aber Alpträume zu verfolgen schienen. Das eine oder andere Mal schriest Du auf und ich musste am Straßenrand anhalten, um Dich zu beruhigen.

Am nächsten Morgen trafen wir auf einer Raststätte in den Schweizer Alpen ein. Als Erstes meldete ich mich krank, ein heftiges Unwohlsein habe mich befallen, was ja auch völlig stimmte. Ich sei hochkant gefeuert, brüllte mich der Chef an, jetzt reiche es ihm. „Ach hehrer Chef", antwortete ich ihm, „jetzt ist aber mal Schluss mit Ihro Gekläff. Möget Ihr hochwohlgeborenen Helden doch einfach Insolvenz anmelden. Es schert mich nicht, mich treibt größeres Verlangen." Selbst in einer solchen Situation konnte ich mich plumper literarischer Anspielungen nicht enthalten. Ich schaute dabei Dich an und zum ersten Mal nach unserer langen Fahrt, in der du wie ein Zombie warst, schenktest Du mir ein befreiendes Glucksen und Kichern, für das ich mein gesamtes Vermögen hingegeben hätte, das sich damals aber im Wesentlichen in einem dreistelligen Betrag auf meinem Konto und etwas Luft auf meiner Kreditkarte erschöpfte. Der doppelte Espresso und das Croissant, das ich Dir holte, und die erfrischend kühle Bergluft vertrieben die letzten Reste Deiner Benommenheit. Dann hast Du mir die ganze Geschichte erzählt. Nicht als einer der Bosse, ein so großes Licht war er nicht, sondern als einer in der zweiten Reihe, als Aushängeschild und zum Geldwaschen, war Dein Ehemann in die Krakenarme der 'Ndrangheta geraten, so finanzierte er sich seinen aufwendigen Lebensstil und konnte er Dir ab und zu Schmuck von *Cartier* oder *Chopard* schenken, solange ihm noch daran lag, was aber nach einiger Zeit nicht mehr der Fall war, er hatte ja so viel Ablenkung und andere Möglichkeiten. Die von ihm produzierten Filme liefen nicht gut, durch seine Seilschaften bekam er dafür zwar Förderpreise, *ach, was für eine hohe Kunst, avantgardistisch ganz neue Wege beschreitend, aber auch mit tiefem Gemüt, und dann auch noch diese Meisterschaft im Detail*, aber das Publikum mag ja oft blöd sein, nur eins darf man mit ihm nicht machen, es langweilen, und genau das taten er und seine Schreiberlinge, gute gaben sich nicht mit ihm ab. Und *tiefes Gemüt*, ausgerechnet er, was für ein abgestandener, fader Scherz. Warum hattest Du ihn geheiratet? „Ach weißt Du …", sagte sie, „… die Karriere. Ich war ehrgeizig. Und als er um mich warb, war er nett, mehr ein verständnisvoller und fürsorglicher Vater, nicht mal Sex drängte er mir bis zur Hochzeitsnacht auf, er gab sich galant. Er wusste, mit welcher Masche er welche Frauen herumbekommt. Ich war dumm und dabei hielt mich doch für hochintelligent. Ich hätte mich schon viel früher von ihm trennen müssen, aber ich hielt ihn jetzt ja auf Distanz, er fasste mich nicht mehr an und jeder hatte seinen separaten Wohnbereich, durch eine unsichtbare, aber hohe und unüberwindliche Mauer voneinander getrennt. Und noch aus einem ganz ganz anderen Grund blieb ich bei ihm, den ich Dir gleich erzählen werde."

Auf unzähligen eintönigen Sektempfängen musstest Du als Blickfang und damit die Banalität der mit dem Duktus der Erhabenheit vorgetragenen Worte Deines – Du ekeltest Dich, wenn man ihn so nannte – Mannes nicht so auffiel, auf Deinen Pfennigabsätzen, mühsam das Gleichgewicht bewahrend, herumstehen. Auf dem Weg zum Waschraum, um Dein Rouge neu aufzulegen, oder draußen, um eine Zigarette zu rauchen, musstest Du das eine oder andere Mal irgendwelchen zudringlichen Koksnasen aus dem Banker-Milieu und der Kunstszene das Knie in den Unterleib rammen, bei Deinem Gatten brauchtest Du das irgendwann nicht mehr, er hatte begriffen und ja auch genug anderweitige Vergnügungsmöglichkeiten, wenn er Schauspielerinnen-Eleven eine glänzende Karriere in Aussicht stellte, gegen Bezahlung ging aber auch. Mit mir hattest Du nie auch nur versucht, Kontakt aufzunehmen. Du wolltest nicht, dass ich Dich so sehe, wie Du geworden warst oder geworden zu sein schienst, Du schämtest Dich.

Von den düsteren Dingen, in die er verwickelt war, Drogen-, Frauen- und Waffenhandel, Zuhälterei und so, die Organisation hatte auch etliche Politiker und hohe Beamte auf ihrer Gehaltsliste, erzählte er Dir nichts, aber in seiner Prahlsucht doch schon, wenn er die Nase voll mit Kokain oder eine halbe Flasche edelsten Scotch geleert hatte, dann wurde er richtig redselig. Und bei seinen Arbeitsdiners mit seinen „Geschäftspartnern" warst Du als schmückendes Beiwerk immer mit dabei mit gespitzten Ohren. Als galante Südländer, die sie waren, waren sie Dir gegenüber auch sehr offenherzig, besonders, wenn sie schon ein paar Flaschen Barolo mit dem einen oder anderen Grappa zur Abrundung intus hatten und Dir im dunklen Flur an die Dessous-Wäsche zu gehen trachteten. Der eine oder andere K.o.-Tropfen, in einem unbeobachteten Moment in ihre Gläser geschüttet, verhinderte aber, dass sie dabei sonderlich weit kamen. Wenn sie völlig hinüber waren oder noch einmal in einen Puff gingen, um nach vollbrachtem mühseligen Tagwerk richtig Dampf abzulassen, hattest Du genügend Zeit und Gelegenheit, ihre Aktentaschen zu inspizieren und Dir Aufnahmen mit Deinem Handy zu machen. Sie hielten Dich für ein Blödchen mit formidablen Titten, sicherlich sehr gut im Bett, aber sonst doch zu gar nichts zu gebrauchen, nicht mal zum Kochen, und Du verstärktest diesen Eindruck noch mit Bemerkungen wie aus den Blondinen-Witzen. Sie hätten wiehernd gelacht bei dem Gedanken, dass von Dir irgendeine Gefahr ausgehen könnte. Dabei waren sie in einem Spinnennetz gefangen, das sich immer mehr um sie zusammenzog. Mit betörendem Augenaufschlag und der Andeutung eines Dates kamst Du auch an manche E-Mail-Adressen heran, auch an die ganz privaten, denn davon müsse doch sonst niemand wissen, die Welt sei doch voll von Schwatzmäulern und Dein Gatte, eifersüchtig wie Beethoven, oh weh! Du sagtest nicht Othello oder Don Juan, sie sollten Dich für noch blöder wie blöd halten. Als Schauspielerin warst Du einsame Spitze. Und nachlässig, wie Dein Gatte war, wenigstens er hätte Dich besser kennen müssen, aber das tat er in seiner totalen Selbstbezogenheit nicht, ließ er auch des Öfteren seinen Schreibtisch und seine Dokumentenschränke unabgeschlossen, Chancen, die Du Dir nicht entgehen ließest. Mit der Zeit wusstest Du vielleicht besser über seine Geschäfte Bescheid als er selbst. Und das war der ganz andere und der eigentliche Grund, warum Du Deinen Gatten weiter ertrugst. Du wolltest die Schweine ans Messer liefern, sie sollten bezahlen für all das Böse, was sie getan hatten.

Irgendwann hattest Du genug beisammen. Du stelltest Dich der Staatsanwaltschaft als Kronzeugin zur Verfügung oder wie man das nennt. Deine gesammelten Dokumente hattest Du in Schließfächern deponiert und die Zahlenkombinationen auswendig gelernt. Du berichtetest den Ermittlern von ihrer Existenz, ihre Brisanz erschloss sich ihnen sofort. Aber Du rücktest sie nicht heraus, noch nicht. Oft hatten sie damit geprahlt, wer alles auf ihrer Gehaltsliste steht, bis hinauf zur obersten Polizeispitze. Du wolltest erst absolutes Vertrauen zu den Ermittlern gefasst haben.

Man nahm Dich in Schutzhaft und umringte Dich in einem Appartement in einem ansonsten leer stehenden Bürogebäude in einem tristen Vorort mit bulligen, muskelbepackten Personenschützern. Aber eines Nachts, als Du aus dem Bad zurückkamst, waren sie alle verschwunden, als hätte sie jemand mit der Lösch-Taste entfernt. Auf dem Gang hallten bedrohliche Schritte, die sich näherten. Die von mehreren Männern, es kam Dir ein bisschen so vor wie eine kleine Kompanie im Marschschritt. Du flüchtetest durch ein Fenster. Darunter stand zum Glück ein Container mit Plastikmüll, in den Du springen konntest, ohne Dich zu verletzen. Danach irrtest Du durch die Straßen und Gässchen, wie ein gehetztes und in die Enge getriebenes Tier. Immer um Dich schauend, ob jemand Dich verfolgt. Bei jedem Nachtschwärmer, der plötzlich vor Dir auftauchte, schrakst Du zusammen. Dein Schatten, den manchmal das Licht von Straßenlaternen gegen die Wände warf, kam Dir vor wie Nosferatu. Aber meistens miedest Du ihr Licht und das von Reklamen. Du hattest den ganzen Tag schon Pillen gegen die Angst und den Stress zu Dir genommen, starkes Zeug. In Deiner Verzweiflung und um gegen das Zittern in Deinen Beinen anzukämpfen, hieltest Du es für eine gute Idee, Dir in einem Spätkauf einen ordentlichen Flachmann Hochprozentiges zuzulegen. Warm durchströmte es Dich und es verlieh Dir neuen Mut, aber zusammen mit den Pillen zog es Dich dann immer weiter runter, bis Du Dich mehr und mehr dem Zustand annähertest, in dem ich Dich dann später antraf. Mit wachsender Panik fragtest Du Dich, wer Dir jetzt helfen könne. Niemand fiel Dir ein. Von Deinem Aufenthaltsort hatten, wie Du dachtest, nur sehr wenige gewusst, vielleicht zwei oder höchstens drei Leute in der Polizeispitze der Stadt. Einer von ihnen musste im Sold der Mörder stehen und die Personenschützer waren ja offenbar auch darin verwickelt. Zum nächsten Polizeirevier zu gehen, schien Dir unter diesen Umständen gar keine gute Idee zu sein, man

73

würde Dich wohl auch zu allererst auf dem Weg nach dort vermuten und Dir auflauern. Eure ganz wenigen echten Freunde waren auch die Deines Ehemannes. Liebesbeziehungen, die Du eingegangen warst, waren oberflächlich geblieben, sie hielten Dich für eine Trophäe zum Angeben, aber sie verstanden Dich nicht und Du hattest ihnen ja auch immer schnell wieder den Laufpass gegeben. Deine wenigen noch verbliebenen Familienangehörigen lebten ganz woanders, weit weg. Du grübeltest und grübeltest, immer verzweifelter. Dann fiel Dir der Einzige ein, von dem Du dachtest, dass er Dir vielleicht noch helfen könnte, und der Dich liebt, nicht so wie Deine Fan-Gemeinde, sondern weil er Dich wirklich kennt und versteht und trotz aller äußerlichen Unterschiede genau die gleiche Art hat. Du klicktest meine Nummer auf Deinem Handy an.

So waren wir in die Schweizer Bergwelt gekommen. Wir beratschlagten auf der Raststätte, was wir als nächstes tun sollten. Zur Schweizer Polizei gehen? Vielleicht gäbe es auch dort Korruptlinge. Nach Deinen jüngsten Erfahrungen vertrautest Du keinem Uniformträger mehr. Uns an die Presse wenden? Vielleicht eine Möglichkeit. Wir beschlossen, uns – total übermüdet, wie wir waren – erst einmal in einem Gasthof einzuquartieren, um am nächsten Morgen mit klarem Kopf eine Entscheidung zu treffen. Wir wählten das abgelegenste Haus aus, Kontakte mit anderen wollten wir möglichst vermeiden. Daher deckten wir uns auch auf dem Weg dorthin in einem kleinen Supermarkt mit Proviant für den Abend ein. Ich fragte in dem Gasthof nach zwei Einzelzimmern, obwohl wir uns als Ehepaar ausgaben, ich erklärte es damit, dass ich schnarche. Die dicke Dame an der Rezeption mit dem gutmütigen Gesicht nickte verständnisvoll. Sie reichte uns augenzwinkernd die Zimmerschlüssel herüber mit den Worten, in ihrem Schwyzerdütsch, dass es eine Verbindungstür zwischen den beiden Räumen gebe, die nicht unbedingt versperrt bleiben müsse, das stehe in der Hausordnung nicht drin, aber sie wolle sich da gar nicht einmischen. Eine sympathische Frau.

Und dann die Panik. In den Schlagzeilen im Internet lasen wir, nicht an erster Stelle, aber doch noch auf der ersten Seite, dass Dein Ehemann in der Nacht ermordet, erdolcht wurde, und dass man uns beide als Zeugen oder vielleicht auch Tatverdächtige, dazu ließe sich noch nichts Genaueres sagen, in der Schweiz suche. Eine Überwachungskamera hatte uns bei unserem Grenzübertritt gefilmt, wie gestochen scharf mit unseren Gesichtern und meinem Nummernschild. Wir waren zur Fahndung ausgeschrieben. Die Ermordung Deines Gatten schien Dich aber nicht sonderlich zu überraschen. „Früher oder später musste es dazu kommen", sagtest Du grimmig nickend, „sie wussten, dass er das schwächste Glied in der Kette war und alles ausplaudern würde, wenn ihm die Staatsanwaltschaft einen Deal anbietet und er danach in einem Zeugenschutzprogramm mit einer neuen Identität irgendwo, wo die Sonne scheint und es Spaß macht, weiter seine Triebe ausleben kann. Das konnten sie nicht zulassen. Und dass sie mich nicht erwischten, war wohl sein sofortiges Todesurteil. Gleich zwei so lästige Zeugen, die am Leben sind, nein, da wollten sie in einem Fall schon mal gleich auf Nummer sicher gehen. Und den Mord kann man ja jetzt auch mir anhängen. Zur Tatzeit irrte ich durch dunkle Straßen und Gassen, irgendein Alibi kann das nicht sein. Beweisstücke, die auf mich als Täterin hindeuten, werden sie sicherlich reichlich am Tatort platziert haben. Und wenn mich die Polizei erst einmal geschnappt hat, wird sich auf dem langen Weg zur Untersuchungshaft sicherlich auch die Gelegenheit bieten, mich durch einen Scharfschützen zu erledigen. Und Dich, meinen treuesten Freund, meinen einzigen, wohl auch. Sie können sich ja denken, dass ich Dir alles erzählt habe. Und damit sind auch die Zahlenkombinationen verschwunden. Irgendwann auf dem Müll entsorgt werden die Dokumente wahrscheinlich nicht, aber wie sollte ein einfacher Bankbediensteter die Bedeutung von kryptischen Zahlenkombinationen ermessen können? Und sehr vieles wird auch nur durch meine Erläuterungen verständlich sein. Und ich habe Dich in all dieses Elend hineingezogen. Ich werde es mir nie verzeihen können, solange ich lebe, aber vielleicht wird das ja gar nicht mehr lange sein." Ich kniete vor Dir nieder. Zu bewegt, um etwas sagen zu können, ergriff ich Deine Hände und unter Tränen küsste ich sie, Du mich fest umarmend. Es dauerte eine Weile, bis wir uns wieder voneinander lösten. Wir überlegten dann hin und her, wie wir unseren Kopf aus der Schlinge ziehen könnten, aber nichts Gescheites fiel uns hierzu ein. Irgendwann umarmtest Du mich wieder, ich hielt Dich ganz fest an mich gedrückt. So verharrten wir längere Zeit. Dann küsstest Du mich, aber nicht so, wie man seinen besten Freund und Kumpel küsst, sondern wie eine Frau, die heiß geliebt und begehrt werden will, jetzt sofort und von mir. So geschah, was ich mir tausende Male ersehnt hatte, seit ich Dich zum ersten Mal sah. Dass es in einer solchen schier aussichtslosen Situation vor sich ging, war mir ganz und gar nicht egal, nichts wünschte ich sehnlicher, als Dich zu erretten und natürlich auch mich, aber in diesen Momenten schob ich den Gedanken daran völlig beiseite. Auch den, dass Du Dich vielleicht nur aus Verzweiflung mir hingabst, weil Du mich für der letzten Strohhalm hieltest, an den Du Dich noch klammern zu können glaubtest. Aber natürlich musste mir dieser Gedanke danach kommen. Wie Du Dich verändert hast, dachte ich so oft, wenn ich über Dich im Internet las. Ich hatte aufgrund des äußeren Anscheins ein falsches Bild von Dir gewonnen. Aber das warst nicht Du. Ich hätte es besser wissen müssen, wer, wenn nicht ich? Denn Du hattest Dich überhaupt nicht verändert, kein winziges bisschen. Irgendwann schliefen wir ineinander verschlungen ein.

Mitten in der Nacht, so gegen drei Uhr, klopfte es an unsere Zimmertür. Die Polizei, durchfuhr es mich. Aber nein, vor der Tür stand ein altes Männchen, das grotesk ausschaute mit seinem Menjou-Bärtchen wie aus einem Stummfilm der 20er-Jahre, seinem verrunzelten olivfarbenen Teint und seinem pechschwarzen, ganz sicher gefärbten und mit Gel nach hinten gekämmten Haar. Oder war es ein Toupet? Er hätte hinter die Theke einer Kaschemme gepasst, aber nur in sehr klischeebeladenen Filmen. In geschliffenem Deutsch, aber mit einem drolligen französischen

Akzent, entschuldigte er sich gebärdenreich und mit längst aus der Mode gekommenen Formulierungen für die späte Störung, aber der Ernst der Lage mache sofortiges, tatkräftiges Handeln erforderlich, ein weiterer Aufschub könne verhängnisvolle, geradezu schicksalhafte Folgen haben. Er sei West-Schweizer, sein Name tue nichts zur Sache, wir möchten ihn Monsieur Jacques nennen. Ohne weitere Umschweife kam er dann zur Sache. „Sie sind ...", und danach nannte er unsere Namen. Mir war es, als hätte eine kalte Hand in meine Eingeweide gegriffen. „Aber", besänftigte er uns sogleich, „beunruhigen Sie sich nicht! Ich bin hier, um Ihnen zu helfen, nicht ganz uneigennützig, wie ich unumwunden einräumen muss und wie Sie augenblicklich erfahren werden." Und zu Dir gewandt fuhr er fort: „Ihr unter betrüblichen Umständen verschiedener Gatte war, wenn Sie mir, verehrte Madame, meine Wortwahl vergeben wollen, ein Aas, ein Schakal, ihn hat seine gerechte Strafe ereilt. Nicht eigentlich er, sondern seine Hintermänner, aber durchaus auch er, haben in der Schweiz und angrenzenden Gebieten meinen Freunden und mir die Lebensfreude vergällt, sie versuchen seit geraumer Zeit, uns vom hiesigen Markt zu verdrängen, mit ganz und gar nicht unbeträchtlichen Erfolgen, wie ich freimütig einzugestehen habe. Aber noch halten wir stand, wenn auch einige meiner liebsten Weggefährten ihrer schmählichen Hinterlist und Mordlust zum Opfer gefallen sind." An dieser Stelle holte er ein besticktes seidenes Taschentuch hervor, um sich eine Träne aus dem Auge zu wischen. Dann legte er uns seinen Plan dar. Er und der eine oder andere seiner Vertrauten, für deren Diskretion und Verschwiegenheit er sich verbürgen könne, würden sich, nachdem wir uns erst noch etwas ausgeruht und frisch gemacht hätten, viele Stunden mit uns unterhalten, vor allem mit Dir. Wenn nötig auch noch am Folgetag, sie hätten sonst nichts anderes vor. Für unsere vorzügliche Bewirtung sei gesorgt. „Und", betonte er, „dies sei sehr wichtig, im Beisein von einem oder noch besser zwei Notaren. Schweizer Notare seien ganzheitlich humor- und fantasielos, aber trotzdem oder vielleicht gerade deswegen gälten sie überall als der Inbegriff der Korrektheit und Pingeligkeit, ja geradezu als eines ihrer Symbole. Und alles würde aufgenommen werden. Danach würden wir einvernehmlich die besten Passagen zu einem kompakten Mix zusammenstellen und ihn ausgewählten seriösen Zeitungen – mit Revolverblättern wollten wir uns nicht gemein machen – zukommen lassen, am besten durch ihm treu ergebene Vasallen auf dem Parkplatz eines Supermarkts außerhalb der Öffnungszeiten." Und wie verhalte es sich mit den Dokumenten in den Schließfächern? Von deren Existenz wusste er also auch, er hatte offenbar auch seine Vertrauensleute in der damit befassten Polizei und Staatsanwaltschaft. Wenn Du [er sagte natürlich nicht Du zu Dir, sondern verehrte Madame] ein paar besonders hübsche und aussagekräftige Beweisstücke in die Kamera halten würdest, würde das die Wirkung der Performance [er sprach das Wort mit französischem Akzent aus] noch erheblich steigern. Einer seiner Vertrauten, ein Banker, absolut honorig und untadelig in den Augen der Welt, könnte sie noch heute einsehen und sichten. Er brauche dazu nur eine notarielle Vollmacht, mit allem, was dazugehört, aber die könne er ganz schnell bekommen. „Sie müssen mir", fuhr er fort, „Sie müssen mir jetzt einfach vertrauen. Ich weiß, das fällt sehr, sehr schwer. Sie haben mich gerade erst kennengelernt und meine Branche ist ..., aber lassen wir das. Und Sie, verehrte Madame, brauchen die Dokumente, sie sind Ihre Lebensversicherung. Sie können unmöglich das Risiko eingehen, dass sie in andere, vielleicht sogar kriminelle Hände geraten. Aber was sollte ich mit ihnen anfangen? Sie müssen schnellstmöglich in die Hände von unbestechlichen Staatsanwälten und Polizisten gelangen. Kämen Sie von mir, würde man behaupten oder mutmaßen, dass es dabei um meine eigenen Geschäftsbeziehungen geht, und die Schweizer Ermittlungsbehörden und Interpol würden mir noch mehr das Leben vermiesen, als Sie es jetzt schon tun und, noch viel schlimmer, eine mörderische Vendetta würde über mich hineinbrechen. Nein, ich darf nicht mit diesen Dokumenten in Verbindung gebracht werden, niemals. Und ist all das erst einmal durch unser Video publik gemacht, wird Sie beide umzubringen danach jeglichen Sinnes entbehren, da unsere Aussagen ja bereits einer breiten Öffentlichkeit bekannt sind, und dies kann auch durch unsere Ermordung nicht mehr ungeschehen gemacht werden, ja, diese würde die öffentliche Meinung nur noch mehr gegen die Schurken aufbringen und die Strafverfolgungsbehörden zu noch energischeren Ermittlungen drängen. Wir wären also völlig sicher." Er schloss mit galanten Bemerkungen über Deine überwältigende Schönheit, die er auch schon vorher gelegentlich in seine Rede eingeflochten hatte. Wir beratschlagten lange im Badezimmer, leise, damit er uns nicht hört. Aber so oft wir auch das Für und Wider abwogen, wir kamen zu dem Schluss, dass wir einen anderen, besseren Plan nicht mal in bescheidensten Ansätzen hatten und wir das Wagnis eingehen mussten. Also stimmten wir zu.

Monsieur Jacques hatte nicht übertrieben, als er uns eine vorzügliche Bewirtung in Aussicht stellte. Als „klitzekleines, nicht der Rede wertes Dankeschön für all unsere Mühe und unsere Liebenswürdigkeit und mit einem dreifachen Hoch auf die schöne Dame" perlte an den drei späten Nachmittagen, die es letztendlich wurden, erlesenster Champagner in Überfülle. Er hatte auch, er dachte wirklich an alles, für Dich verschiedenfarbige Lippenstifte und Rouges und nicht sehr, aber schon ein wenig gewagte Blusen kommen lassen, um Deinen Aussagen noch mehr Ausdruck zu verleihen und die Auflagenzahlen der ausgewählten Printmedien durch die Decke zu treiben. Auch bei allem anderen hielt er Wort. Deine Aussagen schlugen wie eine Bombe ein und sorgten für Schlagzeilen. Sie würden der Organisation natürlich nicht das Genick brechen, aber den einen oder anderen Finger schon. Die deutschen Ermittlungsbehörden behandelten Dich mit ausgesuchter Höflichkeit und formvollendetem Entgegenkommen. Mich auch, aber als absolute Randfigur war ich ihnen nicht so wichtig. Wir mochten Monsieur Jacques. Den Gedanken, dass er im Grunde wohl kaum besser war als die anderen, schoben wir beiseite. Zu uns war er nur gut gewesen.

Die neuen Staatsanwälte – ihre zuvor mit dem Fall befassten Kollegen saßen mittlerweile in Untersuchungshaft – drängten Dich zur Aufnahme in ein Zeugenschutzprogramm, mit einer neuen Identität, einem astreinen Pass und einem Wohnort weit entfernt von Deutschland in einem sonnenverwöhnten Land. Man würde dort für Dich sorgen, es würde Dir an nichts fehlen. In das nasskalte und regnerische Deutschland müsstest Du nur noch einmal zurückkehren, als Zeugin in der Hauptverhandlung gegen die, grob geschätzt, 25 Angeklagten. Du würdest durch einen bombensicheren Tunnel in das Gerichtsgebäude geleitet, es könne Dir nichts passieren. „Nur", antwortetest Du, auf mich deutend, „mit ihm zusammen." Und mir flüstertest Du zu, sodass die anderen Dich nicht hören konnten: „Es sei denn, Du hast die Nase restlos voll von mir, was ich sehr gut verstehen könnte." Hatte ich nicht und werde ich auch nie haben.

So leben wir denn jetzt unter südlicher Sonne auf einer Insel in einem Land, dessen Namen ich nicht nennen darf. Es macht uns großen Spaß, zu einem Felsen im Meer hinauszuschwimmen, auf dem wir uns komplett ausziehen und manchmal auch ungehemmt lieben, man kann uns dort vom Strand aus nicht sehen. Und wenn doch der eine oder andere einen Feldstecher hervorholt, ein Verkäufer berichtete uns von deren ganz unerklärlich gestiegenen Verkaufszahlen allein in seinem Laden, vielleicht seien es Vogelbeobachter, oder wenn einer mit seinem Drachen über uns fliegt, dann sollen sie sich doch bei Deinem Anblick einen runterholen, das kann uns egal sein.

Manchmal nehmen wir uns auch eine kleine Flasche *Metaxa* oder einen guten *Retsina* mit. Oh, habe ich mich da vielleicht verplappert? Oder habe ich bewusst eine falsche Fährte gelegt? Statt *Metaxa* könnte es ja auch *Tequila* oder *Mai Tai* sein. In Mexiko würdest Du mit Deinem Aussehen überall Aufmerksamkeit erregen, aber ganz gewiss nicht als Gringa. Und mich würde jeder für einen vermögenden Touristentrottel halten, den Du Dir gegriffen hast und jetzt komplett ausnehmen wirst, bis auf das Unterhemd und die Unterhose, die ich anbehalten dürfte. Unsere Tarnung wäre absolut perfekt.

Persönlich ziehe ich aber noch mehr *Pisco Sour* vor, das Leib und Geist labende peruanische Nationalgetränk, das anderswo oft nur schwer erhältlich ist. Aber ziehen Sie Ihre eigenen Schlüsse, wenn Sie wollen.

Einmal fragte ich Dich zweifelnd, ob ich Dich wirklich sexuell errege und befriedige, ich hatte da so meine Zweifel. „Hey", knufftest Du mich in gespielter Entrüstung, „bist Du jetzt völlig durchgedreht? Dir kann unmöglich entgangen sein, mit welchen Blicken die Kerle mich hier verschlingen. Glaubst Du ernsthaft, ich könnte hier nicht jeden Tag einen Knackarsch abschleppen, wenn mir danach wäre? Ist es aber nicht. Du machst mich auch im Bett rundum glücklich und mein Appetit ist dann bis zum nächsten Morgen oder Abend vollauf gesättigt. Und wer wird mich noch lieben, wenn ich alt und zerbrechlich geworden bin, ein One-Night-Stand vielleicht oder einer meiner früheren Twitter-Fans? Du gewiss. Und wie oft wurde mir schon gesagt, dass einer für mich in einen Abgrund springen würde, aber das hätten die auch hundertmal am Tag gesagt, das zählt nicht. Du hättest es nur einmal gesagt und dann sofort getan, nicht blindlings und blöd, aber wenn es aus Deiner Sicht hätte sein müssen. Ich bin sicher, Du hättest Dich damals in der Schweiz, auch nur mit einem Küchenmesser bewaffnet, Auftragskillern mit ihren Maschinenpistolen entgegengestellt. Andere an deiner Stelle hätten versucht, das Weite zu suchen, und das wäre ja auch das einzig Vernünftige gewesen, dein Kampf wäre ja völlig aussichtslos gewesen. Aber du wärest nicht von meiner Seite gewichen, bis zuletzt. Eine Liebe wie in *Die Liebe in den Zeiten der Cholera* von Gabo García Márquez, das ganze Leben lang, haste doch gelesen. Ich war saudumm, mich in der Schule von irgendwelchen Blödmännern flachlegen zu lassen, wo das einzig Gute doch so nah war. Nochmal mach ich denselben Fehler nicht." Zärtlich streichelte ich Deine Rundungen. Nie in meinem Leben war ich so glücklich gewesen, nicht mal im Entferntesten. Und das sollte ja auch erst der Anfang gewesen sein, von jetzt an würde jeder Tag so sein.

Zum Abschluss weitere brasilianische Poesie, die, wie ich finde, irgendwie zu dieser Geschichte passt:

*João amava Teresa que amava Raimundo que amava Maria*
*que amava Joaquim que amava Lili*
*que não amava ninguém.*

*João foi para los Estados Unidos, Teresa para o convento,*
*Raimundo morreu de desastre, Maria ficou para tia,*
*Joaquim suicidou-se e Lili casou com J. Pinto Fernandes*
*que não tinha entrado na história*
(Carlos Drummond de Andrade (*1902, †1987),
*João amava Teresa que …*)

*João liebte Teresa, die Raimundo liebte, der Maria liebte,*
*die Joaquim liebte, der Lili liebte,*
*die niemanden liebte.*

*João ging in die USA, Teresa in ein Kloster,*
*Raimundo starb bei einem tragischen Unfall,*
*Maria wurde eine alte Jungfer,*
*Joaquim beging Selbstmord und Lili heiratete J. Pinto Fernandes,*
*der in diese Geschichte nicht eingegangen ist.*
(Carlos Drummond de Andrade (*1902, †1987),
*João liebte Teresa, die …*)

*Era uma casa*
*muito engraçada*
*Não tinha teto*
*Não tinha nada*

*Ninguém podia*
*entrar nela, não*
*Porque na casa*
*não tinha chão*

*Ninguém podia*
*dormir na rede*
*Porque na casa*
*não tinha parede*

*...*

*Mas era feita*
*com muito esmero*
*Na Rua dos Bobos*
*número cero*

*...*

*Vamos construir essa casa*
(Vinicius de Moraes, *1913, †1980,
*Era uma casa muito engraçada*)

*Es war*
*ein sehr komisches Haus*
*Es hatte kein Dach*
*Es hatte nichts*

*Niemand konnte*
*dort eintreten, nein*
*Denn das Haus*
*hatte keinen Boden*

*Niemand konnte dort*
*in der Hängematte schlafen*
*Denn das Haus*
*hatte keine Wände*

*...*

*Aber es wurde erbaut*
*mit großer Sorgfalt*
*In der Straße der Narren*
*Nummer null*

*...*

*Lasst uns dieses Haus errichten!*
(Vinicius de Moraes, *1913, †1980,
*Es war ein sehr komisches Haus*)

# Wolhynien

Oh, wie schön ist Wolhynien! Ich hatte mir den Wecker auf vier Uhr gestellt. Ich liebe die frühen Morgenstunden, wenn uns das Gefühl erfüllt, dass an einem Tag wie diesem alles möglich sein könnte, vielleicht würde ich sogar der Liebe meines Lebens begegnen, wer weiß? Munter machte ich mich zu dieser noch nachtschlafenen Zeit auf den Weg. Am tiefblauen Himmel blinkten noch einzelne Sterne. Die Luft war klar, vom Duft der Kornblumen und des gemähten Roggens gesättigt, und wie durchsichtig. Mit zügigem Schritt erreichte ich in einigen Stunden den S...r Forst. Am Abend zuvor hatten sie mir in der Wirtsstube, Kreuze schlagend und mit Gesichtern, aus denen alle Farbe entwichen zu sein schien, dringend davon abgeraten, ihn zu betreten, wenn mir mein Leben lieb sei, geradezu flehten sie mich an. Aber ich gebe nichts auf abergläubiges Gerede. Auch das Aussehen des Forstes schien die Worte im Schankraum Lügen zu strafen. Er empfing mich mit seinem intensiven Waldgeruch. Mit dichtem Wurzelwerk, aber auch kleinen Teichen, aus denen neugierig um sich blickend Wildenten hervorlugten. Und mit Bächen, in denen muntere Fischchen flitzten. Heuschrecken zirpten, Bienen summten. Rotkehlchen und Buchfinken trällerten und zwitscherten, was das Zeug hielt. Ein scheues Reh nahm vor mir Reißaus. Das Wetter war herrlich. Ich nahm einen tiefen Zug aus meinem Flachmann, rauchte die erste Zigarette des Tages, will ja damit aufhören, und fühlte mich eins mit der Natur. Zu meinen Füßen rackerten sich Ameisen, schwer bepackt, in einem karawanenähnlichen Aufzug ab. Ich achtete darauf, keine einzige von ihnen zu zertreten. Innerlich lachte ich über die dummen Bauern mit ihren Altweibergeschichten, Hirngespinsten und ihrer Unaufgeklärtheit. Auf Lichtungen brannte die Sonne auf mich nieder, aber ein milder Wind nahm ihr die Unerbittlichkeit. Es ließ die Wipfel rauschen, wie Wellen im Meer. Ich lief mit entblößtem Oberkörper, wer hätte mich dort schon sehen sollen, ich war ganz allein. Irgendwann gelangte ich zu einer Schlucht, durch die sich wie munter plaudernd und plappernd ein Bach mit einem moosgrünen Untergrund und kristallklarem Wasser schlängelte, von dem ich begierig trank. Unter einer schattenspendenden Weide ruhte ich.

Ich weiß nicht, wie lange ich geschlafen habe, waren es Stunden? Den ganzen Tag über war es hell und klar gewesen, aber jetzt ballten sich grimmige schwarze Gewitterwolken über mir zusammen, erste Regentropfen klatschten auf mich. Man spürte es in der Luft, dass sich ein schweres Unwetter zusammenbraute. Auch die Vögel hatten ihr fröhliches Trällern und Zwitschern eingestellt, ein bedrückendes Schweigen hatte sich über den Forst gelegt. Ich entschied, dass es höchste Zeit war, den Rückweg anzutreten. Aber ich musste mich verlaufen haben, Orientierungspunkte, die ich mir eingeprägt hatte, fand ich nicht mehr. Der Akku meines Handys war leer, so konnte es mich nicht mehr navigieren. Aber im tiefen Forst hätte ich wohl ohnehin keinen Empfang gehabt. Und an welchem Baum hätte ich das Anschlusskabel anschließen können? Da erklang in der Ferne ein Laut, ein sich lange hinziehender, wie klagender, und es schien mir so, als würde ihm aus dem Wald heraus mit einem hämischen Kichern geantwortet. Ich erschauderte. Vor einem ersten Regenschauer suchte ich Zuflucht unter den mächtigen Ästen und Zweigen einer alten Eiche. Dem ersten von etlichen weiteren, die mit zunehmender Wucht auf mich, nur notdürftig geschützt durch das Laubwerk, niederprasselten. Erste, noch schwache Blitze zuckten. Die Nacht brach über mich hinein wie ein unabwendbares Unheil. Jetzt begann auch der Hunger an mir zu nagen, die belegten Brote in meinem kleinen Rucksack hatten nicht lange vorgehalten. Es betrübte mich, dass mein Flachmann leer war. Die Füße taten mir weh. Stunden irrte ich in diesem Zustand durch den Wald. Ich suchte mich mit dem Gedanken vertraut zu machen, die Nacht wohl oder übel zusammengekrümmt unter einem der Bäume zubringen zu müssen.

Wie unendlich erleichtert war ich dann, als ich, aus einem Waldstück heraustretend, nicht weit entfernt ein wohl uraltes Herrenhaus erblickte, es wirkte auf mich wie der Sitz eines, wenn auch völlig verarmten, Adelsgeschlechts, mit massiven Grundmauern und inmitten – bei schönerem Wetter – schattenspendender Akazien. Sein düsteres, wehrhaftes Aussehen war wohl der Zeit geschuldet, in der es errichtet wurde. Ich klopfte an den eisenbeschlagenen Torflügel. Gerade wollte ich zum zweiten Mal gegen das Tor hämmern, als mir geöffnet wurde. Vor mir standen zwei Frauen, so verdammt schön, dass es richtig in einen reinknallte, mit Augen, grün wie Jade, ebenmäßigen Gesichtszügen, Dreadlocks, die sich wie Schlangen um ihre Häupter wanden, und einem sehr hellen, nahezu weißen Teint, der einen elektrisierenden Kontrast zu ihren blutrot geschminkten Lippen abgab, ein Bild, in das ich mich stundenlang hätte vertiefen können. Nachdem ich meine erste Verblüffung und Sprachlosigkeit in den Griff bekommen hatte, sie schauten mich derweil fragend an, stellten wir uns vor. Sie waren Schwestern und hießen Sava, die ältere der beiden, und Mila, ihr kleines, närrisches, wie Sava sie verschmitzt charakterisierte, Schwesterchen. Beide hatten einen herrlichen Wuchs, Sava etwas hochaufgeschossener, im Übrigen sahen sie sich ziemlich ähnlich, unverkennbar Schwestern. Ich erklärte ihnen meine missliche Lage, die mich dazu gezwungen habe, sie in ihrer Ruhe zu stören, und fragte sie, ob es in der Nähe eine Herberge gäbe. Nein, schüttelten sie bedauernd die Köpfe, so was gäbe es im weiten Umkreis nicht. Aber, meinten beide gleichzeitig, wenn ich mit ihrer bescheidenen Behausung vorlieb nehmen wolle, deren Ärmlichkeit mich nicht stören dürfe, das Schicksal und die Zeitläufe hätten es nicht immer gut mit ihnen gemeint, sei es für sie eine große Ehre, mich für eine Nacht beherbergen zu dürfen. „Verfügen Sie über unser Haus und allem, was darin ist, auch über uns, Ihre ergebensten Dienerinnen!“ Nicht zum ersten Mal, seit ich sie sah, bekam ich eine machtvolle Erektion, hoffentlich hatten sie die nicht bemerkt. Hatten sie aber doch, die verständnisinnigen Blicke, die sie sich zuwarfen, zeigten es. Nur um die Form zu wahren, antwortete ich, dass ich ihre Gastfreundschaft doch nicht ausnutzen und ihnen zu dieser schon weit vorgerückten Stunde Umstände bereiten dürfe. Fast lachten sie. „Wissen Sie", entgegnete mir Sava, „wir leben hier sehr einsam und zurückgezogen und freuen uns über Besuch, vor allem wenn es ein so angenehmer ist, ein Mann mit Bildung, Lebensart, Stil und formvollendeten Manieren, so was gibt's hier bei uns weit und breit nicht." „Sicherlich", warf Mila ein, „sind Sie Gelehrter oder Forscher, vielleicht Dozent an einer dieser berühmten altehrwürdigen Universitäten. Oder ein Poet?" So war das also ausgemacht. Rasch bereiteten die Schwestern ein paar Käse- und Wursthäppchen zu, über die ich mich mit Heißhunger hermachte. Ich schämte mich fast für meine offensichtliche Gier, aber der Hunger war stärker. Sie lächelten verständnisvoll und eilten in die Küche, um aus ihr mit dick belegten Broten zurückzukehren, die sie mir wie eine Ehrengabe reichten. Dann wurde eine Flasche Rotwein entkorkt. Vor dem knisternden und flackernden Kamin, der eine behagliche Wärme ausstrahlte, draußen peitschte das zu einem veritablen Sturm angewachsene Unwetter gegen die Scheiben, Blitze krachten, es donnerte, der Himmel schien alle seine Schleusen geöffnet zu haben, wie gut, dass ich jetzt am wärmenden Kamin saß, der mich wohlig wie eine flauschige Decke einhüllte, geborgen wie hinter den soliden Deichen einer Insel im tosenden Meer, machten wir uns näher bekannt. Mein Blick auf ihren prall gefüllten Bücherschrank und die im ganzen Raum vertreut herumliegenden Werke, manche aufgeschlagen und mit Eselsohren, Unterstreichungen und kurzen, gekritzelten, handschriftlichen Anmerkungen versehen, lenkte das Gespräch darauf, was wir gerne lesen. Sie teilten meine Vorliebe für fantastische Literatur, Gogol, Melville, E.T.A. Hofmann, Poe, wenn er sich nur mehr Mühe bei seinen Formulierungen gegeben hätte, meinten die Schwestern. Dann die Lateinamerikaner, Borges, Cortázar, García Márquez, Fuentes, Miguel Ángel Asturias. Ob ich *Rayuela, Himmel und Hölle* und *Die tiefen Flüsse* auch kenne und liebe? Kannte und tat ich. Vargas Llosa hielten sie für gar keinen schlechten Schriftsteller, sondern für überhaupt keinen. Gruselgeschichten mochten sie nicht, zu realitätsfern. Über Dostojewski gerieten sich die beiden fast in die Haare. Sava hielt ihn für weit überbewertet und einen Verfasser kolportagehafter, absolut hysterischer und ungenießbarer Schundromane, Mila dagegen hatte *Die Dämonen* recht gut gefallen. Ich nahm eine vermittelnde Position ein, wollte es mir ja mit keiner der beiden verscherzen. Aber innerlich gab ich Sava Recht. Und die Franzosen? Oh, lá, lá, gaben sie zu bedenken, manches sei selbst ihnen zu schlüpfrig. Unter den zeitgenössischen deutschen Schriftstellern schätzten sie am meisten Wiglaf Droste, Martin Walser ging dagegen überhaupt nicht an sie, zu blutarm. Und Richard D. Precht? Nee, entfuhr es Sava brüsk, wer so was goutiere, dessen weiterer Verbleib sei leider in ihrem Haus unmöglich geworden, er oder sie müsse dann raus in die Wildnis, auch in stockfinsterer Nacht und bei Unwetter, aber ich mit meiner unfehlbaren Geschmackssicherheit gehöre ja ganz gewiss nicht zu dieser Personengruppe, was ich sogleich beflissen und mit Entschiedenheit, ja sogar helle Entrüstung vortäuschend, verneinte. Die dritte oder war es die vierte Flasche Rotwein wurde geleert. Oh weh, nagte es bei alldem in mir, welche der beiden würde ich noch dringlicher ficken wollen, wenn ich die Wahl dazu hätte? Aber ich hatte keine Wahl, wie die Leserinnen und Leser sogleich erfahren werden.

Dann war es an der Zeit, die Schlafgemächer aufzusuchen. Es gäbe, raunten sie mir zu, in der Umgebung lauter böse Menschen, die einen Fremden wie mich zu erdolchen und berauben trachteten, dumpfe Bauerntölpel, die ihnen feindlich gesinnt seien und üble Nachreden über sie verbreiteten, nichts als schmutzige gemeine Lügen, entsprungen den Hirngespinsten von Schleichern und Duckmäusern. Aber ich könne ganz unbesorgt sein. Ganz auf sich allein gestellt, zu verarmt, um sich Bedienstete leisten zu können, in einer feindseligen Umgebung, immer damit rechnen müssend, mit Schmutz beworfen und angepöbelt zu werden, hätten sie gar keine andere Wahl gehabt, als sich schon früh in verschiedenen Kampfkünsten zu üben, polyglott, wie sie schon immer waren, aus der ganzen Welt, vom alten Ägypten über Voodoo-Stil in

Dahomey, dem Kolosseum im antiken Rom bis nach Okinawa, wo Mila, noch lange nicht der Pubertät entwachsen, dem einen oder anderen Meister den Karategi ausgezogen und den Schwarzgurt erstickend eng um den Hals geschlungen habe, Sava hätte nur eingreifen müssen, wenn plötzlich noch ein Drache auf der Matte erschienen wäre. Und die Saubauern erst, ich als hochgebildeter und belesener Mann, erfahren im galanten Umgang mit Frauen, der sicherlich nur mit seinesgleichen verkehre, könne mir gewiss gar nicht vorstellen, wie vielen von denen sie schon den Hintern verbläut hätten, wenn sie ihnen frech kamen, manchmal griffen die sie sogar mit Pflöcken an, aber das mussten diese Vollhorste jedes Mal bitter bereuen. Ob ich womöglich auch einen Kampfsport praktiziere, vielleicht Judo? Sehr gut seien sie beide vor allem im Bodenkampf, mit Umklammerungen, Haltegriffen und Beinscheren, wir könnten es morgen ja mal ausprobieren, wenn ich darauf Lust hätte, der sehr enge Körperkontakt dabei dürfe mich nicht stören, so weit spirituell, wie wir vorangekommen seien, stünden wir doch weit über solchen menschlichen, allzu menschlichen Dingen. Und ein Schelm sei ja auch, wer Böses dabei denke. Gewiss würde ich sie bezwingen, aber mit ihnen beiden zusammen könne ich es wohl kaum aufnehmen. Jedenfalls würde in dieser Nacht abwechselnd immer eine von ihnen vor meiner Tür wachen.

Sie geleiteten mich zu meinem Gemach. Um der Wahrheit die Ehre zu geben, erregte es mich, äußerst zurückhaltend ausgedrückt, nicht wenig, als Mila sich vornüberbeugte, um die Bettdecke glatt zu ziehen. Und nicht minder, als Sava sich tief bücken musste, um etwas unter dem Bett hervorzuholen, das ihren Händen entglitten war. Dann wünschten wir uns mit Wangenküsschen Gute Nacht.

Sicherlich war es meinen überreizten Nerven zuzuschreiben, dass mir in der Nacht, in meinem Traum, zugeflüstert wurde: „Ich liebe meine Kleine wie wahnsinnig, aber in ihrem jugendlichen Übermut glaubt sie, noch besser im Bett zu sein als ich, aber da irrt sie sich gewaltig, wie du gleich sehen wirst." „Ach, Schwesterherz", wurde ihr von der anderen Seite des Bettes aus geantwortet, „ich liebe dich auch, du kannst nicht ermessen, wie sehr. Aber jetzt bin ich ernsthaft besorgt um dich, vielleicht kann dir ein guter Psychotherapeut helfen. Du wirst es wohl nie verwinden können, dass ich die Männer noch mehr zur Raserei bringe als du, daran solltest du arbeiten!" „Hört, hört", entgegnete ihr Sava, „vorschnell ist die Jugend mit dem Wort. Dass du dich schon von etlichen Bauernlümmeln im Heu hast flachlegen lassen und sie in den Wahnsinn triebst, will doch überhaupt nichts besagen, Süße." „Hier", und damit deutete sie auf mich, in der Mitte zwischen ihnen liegend, „ist ein Mann von Welt, ein sehr belesener, er mag Gogol und García Márquez, wahrscheinlich auch Isaac Babel, gleich morgen werd ich ihn danach fragen. Darauf steh ich, das macht mich an, wir werden unzählige Stunden darauf verwenden, uns unsere Lieblingsbücher vorzulesen, und der Sex danach wird himmlisch sein. Du glaubst doch nicht ernsthaft, Schätzchen, dass er eine Göre wie dich einer Großmeisterin der Liebeskünste und echten Frau wie mich vorzieht." Der Schwesternstreit ging noch eine Weile weiter. Dann mussten beide sehr lachen, sie umarmten sich über mich hinweg. „Weißt du", meinte Sava, „worüber streiten wir uns eigentlich? Ist doch genug für uns beide da. Jetzt zeig doch einfach mal, was du so alles drauf hast, würd ich riesig gerne mal sehen, vielleicht kann ich dir danach noch ein paar gute Tipps geben. Und dann bin ich an der Reihe, wirst noch was dabei lernen können, Liebste. Und wem von uns beiden er morgen früh als erster den Stuhl zurechtrückt und den Kaffee einschenkt, die hat gewonnen."

Und so machten sie es dann. Anerkennend verbeugten sie sich danach voreinander, wie zwei Meisterinnen. Sie reichten sich die Hände und versicherten sich gegenseitig, aufrichtig und bewundernd, noch nie auch nur in bescheidensten Ansätzen einen Fick auf derart hohem Niveau gesehen zu haben, woran aber auch ich einen ganz entscheidenden und nicht wegzudenkenden Anteil gehabt habe. Ein 4:- oder 5:5-Unentschieden hätte ich jeweils herausgeholt. Respekt, wer schaffe das schon, bei anderen sei doch die krachende Kanter-Niederlage vorprogrammiert. Am Anfang habe es danach ausgesehen, dass Mila mich total unter Kontrolle hätte und ich ihrer rauschhaft exaltierten Angriffslust nicht lange würde standhalten können, sie habe mich schon ein-, zweimal gefragt, ob ich aufgebe, aber danach sei ich immer besser ins Spiel gekommen, zu ihrer nicht geringen Überraschung hätte ich sie das eine oder andere Mal geschultert und ihr mit gekonnten und wuchtigen Stößen zugesetzt, auch nicht nachgelassen, sondern den Druck sogar noch verstärkt. Dafür könne man, selbst wenn man höchst anspruchsvoll und geschmäcklerisch drauf sei, nur die Bestnote vergeben. Auch durch ihre – vielleicht gewollt, um mich einzukesseln – gelegentlich nachgebende Abwehr hätte ich meine Chancen gehabt, auch die eine oder andere in Tore umgesetzt. Trotzdem hätte Mila gewonnen, wenn ich ihr nicht, schon in der Nachspielzeit, unter Einsatz der allerletzten Kraftreserven gegen sie anstürmend, einen lehrbuchreifen Orgasmus verpasst hätte. Das hätte man aufnehmen müssen, um Maßstäbe für kommende Generationen zu setzen, an denen sie sich orientieren können. So endete es mit einem leistungsgerechten Unentschieden. Sava, als Nächste dran und nunmehr vorgewarnt, habe mich einfach kommen lassen, um dann in meinen stürmischsten Angriffswellen eiskalt und so was von abgebrüht Konter zu verwandeln. Aber auch ihre Abwehr habe das eine oder andere Mal nicht die Standfestigkeit und Unbezwingbarkeit der Maginot-Linie besessen, entscheidende Durchbrüche seien mir gelungen, bis ganz tief hinein in Freundinsland. Am Ende hätte man sich auch hier auf ein den Spielverlauf durchaus widerspiegelndes Unentschieden einigen müssen. Wir hätten uns danach schweißüberströmt umarmt, hätten wir Trikots getragen, wären sie jetzt getauscht worden. Hoffentlich hätten ihre Beifalls- und Anfeuerungsbekundungen, auch ihre inbrünstigen Siegwünsche, auf dem Boden kniend, die jeweils andere nicht gestört, fragten sie sich besorgt. Schade eigentlich, dass sie nun mal nicht lesbisch seien, Schwestern hin oder her, da würde jetzt die Hütte brennen. Dann umarmten sie sich schwesterlich. „Und er", sie deuteten auf mich, „bleibt hier!"

Am nächsten Morgen wachte ich mit starkem Fieber und Schüttelfrost auf, ich konnte mich nicht mehr auf den Beinen halten und schaffte es nicht mal mehr, mir eine Zigarette anzuzünden, so sehr zitterten mir die Hände. Die Schwestern waren sehr besorgt. Unter diesen Umständen könne ich unmöglich meine Reise fortsetzen, erst müsse ich wieder zu Kräften kommen, meinten sie mit zerfurchten Stirnen. Sie flößten mir Kamillentee ein, fütterten mich mit Rührei mit Pilzen, dann wurde ich mit einer Wärmflasche ganz fest eingemummelt. Schon in wenigen Tagen wäre ich ganz wiederhergestellt, da seien sie absolut zuversichtlich. So war es dann auch, aber immer wieder gab es Rückfälle. Sehr lange, vielleicht sogar unübersehbare Zeit, würde ich bei den Schwestern verbringen müssen, von ihnen rührend liebevoll gepflegt und umsorgt. Gibt Schlimmeres.

# Fettklops

Wir alle mochten dich schon ganz am Anfang nicht, so klug-
scheißerisch wie du warst, mit Einsen in allen Fächern außer in
Sport, wo man dir gnädigerweise eine Vier gab, eigentlich hätte
es eine Sechs sein müssen. Auch deine schwabbelige Figur und
deine dicken Brillengläser nahmen nicht für dich ein. Die Mädchen würdigten dich keines Blickes. Abschreiben ließest du andere, das ist wahr, aber mit einem Gesichtsausdruck, der zu besagen schien: „Was seid ihr doch für Dumpfbacken." Kamst halt
aus dem Bildungsbürgertum und hieltest dich für was Besseres
als uns, deren Eltern für harte ehrliche Arbeit zigmal weniger im
Monat bekamen als deine Eltern aus dem linksgrün bekackten
Akademikermilieu für ihren IT-Scheiß in den Arsch geschmiert
erhielten. Dein Taschengeld und manchmal auch deine neue Jacke
reichtest du uns anstandslos rüber, wenn wir dich liebenswürdig
darum baten, das muss man dir lassen, aber mit einem weiner-
lichen Gesichtsausdruck, der dich endgültig zur Memme stem-
pelte. Fettklops nannten wir dich zutraulich, hoffe, du nimmst
es uns nicht übel. Und dann musste ich auch noch während einer
Jugendfahrt ein Zimmer mit dir teilen, entsetzlich! Eines Abends
bewundertest du den Ring von Julia, der Klassenschönen. „Der
Smaragd ist echt", sagtest du, „man sieht es sofort an seinem ele-
ganten, feinen Schliff und dem jadegrünen Farbton, wie deine
Augen, Julia, wenn ich das sagen darf. Meine Mutter hat auch so
einen, sie trägt ihn aber mit einer Kette um den Hals, wie meine
liebe Freundin Nicoluna Aguirre, er muss mindestens 400 Euro
gekostet haben, so exzellente Arbeit bekommt man nur aus Kolumbien, wie vieles andere mehr, oder was schnupft ihr denn so,
Klebstoff vielleicht? Und die Salsa-Tänzer und Profis dort können es doch auch unendlich besser als eure Väter mit den Bierdosen auf dem Sofa vor der Glotze." Aus deinen Worten sprach
eine gewisse quengelige Anmaßung oder, sagen wir es doch klar

und deutlich, Arroganz heraus. Das brachte uns restlos gegen dich auf. Und wie sollte es ein solcher Saftarsch wie du zu einer Freundin gebracht haben, noch dazu zu einer solch bezaubernden, wie du Nicoluna schildertest? „Hehehe", höhnte Kevin, der Klassen-Macho und Macker von Julia, als spräche er zu einer Kakerlake, die gerade aus dem Ausfluss hervorgekrochen war, „Den Ring habe ich für zehn Euro bei Karstadt gekauft." „Nee, der ist echt", beharrtest du. „Ach ja", erwiderte Kevin mehr als angewidert, „dann wetten wir doch um die zehn Euro und gehen morgen zu einem Juwelier oder Pfandleiher, um den Wert des Rings schätzen zu lassen." Du besorgtest dir mit wichtigtuerischer Miene, die uns aufstöhnen ließ, eine Lupe, um den Ring gründlich zu mustern. Danach schautest du in die Gesichter der Umstehenden und verweiltest dabei eine Weile auf dem von Julia, das mir voller Panik zu sein schien, aber nur mir, denn alle anderen Blicke verharrten wie gebannt auf den Antlitzen von Kevin und dir. „Nun ja", erwidertest du schließlich kleinlaut, „ich habe mich wohl geirrt, es ist eine täuschend echte Imitation, aber ..." Alle machten sich vor Lachen über dich fast in die Hosen, was für ein aufgeblasener Wichtigtuer und Pimmel! Kevin feierte seinen Triumph mit ein paar Runden Tequila Silber. Spät nachts, als wir schon in unseren Betten lagen, klopfte es an unserer Tür und ein Briefumschlag wurde unter der Schwelle hindurchgeschoben. Niemand war im Gang, als wir die Tür aufmachten. Ich linste über deine Schulter, als du den Umschlag öffnetest. Ein 10-Euro-Schein war drin und ein Zettel, auf dem nur „Danke" stand. „Was hat das zu bedeuten", fragte ich dich. „Ach, weißt du", antwortetest du mir, „wenn ich so eine schöne Freundin wie Julia hätte, würde ich rund um die Uhr aufpassen, dass sie mir keine Hörner aufsetzt." Und von da an warst du mir gar nicht mehr unsympathisch. Das war der Moment, in dem wir uns zu verstehen begannen. Und so wurden wir Freunde, vielleicht die besten, die es gibt.

*Dies ist, Sie haben es natürlich sofort bemerkt, eine Neuinterpretation der Kurzgeschichte „Mr. Allwissend" von William Somerset Maugham, des Mannes, der in seinem ganzen Leben, wie ein Literaturkritiker ein-mal sagte, keinen einzigen langweiligen Satz zu Papier gebracht hat. So gute Plots fallen mir selbst einfach nicht ein.*

*Nicoluna gibt es wirklich, sie ist glücklich verheiratet und lebt jetzt mit ihrem Gatten (dem prachtvollen Hannes) und zwei süßen Kindern (Jouna und Nouri) in einer schönen Stadt in Oberschwaben unweit von Ravensburg.*

# Schwein gehabt!

„Würde es Ihnen etwas ausmachen, dieses Päckchen für mich in Ihrem Koffer mitzunehmen? Ich habe schon Übergepäck und Sie wissen ja, wie raffgierig diese Fluggesellschaften sind."

„Na", antwortete ich ihm, „da haben Sie aber Glück gehabt. Tatsächlich habe ich noch zufällig Platz in meinem Gepäck." So bei mir dachte ich: Das ist sicherlich Rauschgift, das ich jetzt auf eigene Rechnung verticken werde. Und dann überstieg der Verkaufserlös selbst meine kühnsten Erwartungen noch um ein Vielfaches, es war wie ein Sechser im Lotto, mit Zusatzzahl. Das verschaffte mir das Startkapital zur Gründung meines ersten, in seinen Anfängen noch bescheidenen mittelständischen Unternehmens, das sich mit den Jahren zu dem Konglomerat mauserte, das Sie alle kennen. Aber vorher hatte ich natürlich noch den schmierigen Kurier aus dem Weg zu räumen.

Heute ist das alles längst verjährt und wenn ich diese Geschichte in geselliger Runde erzähle, gibt es immer Lacher und Schmunzeln. Ich hatte einfach Riesenschwein gehabt und andere haben das nie, so sehr sie sich auch abstrampeln mögen. Daher sehe ich auch nie auf Leute herab, die sich bis zur Rente als Verkäufer oder Versicherungsvertreter verdingen. Schon Winzigkeiten hätten genügt – Stress beim Einchecken, ein wegen irgendeines Ungemachs übellaunigeres Gesicht als mein sonst gewöhnlich zugängliches und hilfsbereites, übereifrige Grenzer, argwöhnische Mitreisende, die ihre Nase in fremde Angelegenheiten stecken, der Flügelschlag eines Schmetterlings mit seinen weitreichenden Folgen – und mein Leben wäre in genau den gleichen Bahnen verlaufen. Leistung muss sich wieder lohnen, jeder ist seines Glückes Schmied, hallo, geht's noch, ich kann diesen abgestandenen FDP-Sprech nicht mehr hören. Die Ausgangspositionen sind halt völlig ungleich und ungerecht verteilt und dabei bleibt's meistens auch, ohne dass man daraus jemandem einen Vorwurf machen kann. Denken Sie mal darüber nach!

# Der Autokrieg

Mit Beständen von Panzerfäusten, die wir in einem alten verlassenen Armeedepot gefunden hatten, brachte ich an einem Vormittag gleich drei von ihnen zur Strecke. Die Entwicklung der künstlichen Intelligenz war so weit fortgeschritten, dass eines Tages die Autos gegen die Menschen aufbegehrten und die Weltherrschaft an sich reißen wollten. Sie erledigten ihre Fahrer durch plötzlich hervorschießende Airbags, Sicherheitsgurte, die sie erdrosselten, Belüftungsanlagen, die sie einsaugten, beheizte Sitze, die höllische Temperaturen annahmen, Zündschlüssel, die Stromschläge aussandten, aus schierer Bosheit fuhren sie mit ihren Insassen in einen Fluss oder gegen eine Wand, und sie machten auf den Straßen Jagd auf alles, was zwei Beine hatte. Indem sie sich mit den LKWs verbündeten, konnten sie auch dicke Mauern zum Einsturz bringen. Benzin brauchten sie keines mehr, das war jetzt alles dank innovativer Technologie regenerierbar. Das war der Beginn des Autokrieges, der nunmehr schon sieben Jahren währt und die Menschheit auszulöschen droht. Wir, eine kleine Gruppe von Widerstandskämpfern, hatten uns in einer der letzten Tankstellen verbarrikadiert, die noch von der Menschheit gehalten wurden, umzingelt von Horden dicht gestaffelt stehender Autos. Feige, wie sie waren, wagten die Autos keinen Frontalangriff, solange wir noch Waffen hatten, aber unsere Munitionsvorräte gingen mehr und mehr zur Neige. Kretschman plädierte für eine Verhandlungslösung. „So kann es doch nicht weitergehen", sagte er, „wir müssen mit den Autos reden, einen Kompromiss finden, vielleicht lässt sich der Konflikt ja auch einfrieren. Und wollen wir wirklich unserer Wirtschaft schaden, nur um den Planeten zu retten, hallo, geht's noch?" Mit einer hochgehaltenen weißen Fahne begab er sich zu den feindlichen Linien. Nie werden wir Kretschmans grauenhaft gellende Schreie vergessen, als die Autos ihn niedermetzelten, immer werden sie in unseren Ohren widerhallen. Da wurde auch dem Letzten von uns klar, dass Verhandlungen nicht zielführend sein konnten. Aber wir würden nie aufgeben, niemals, НІКОЛИ!, bis wir die letzten Autos aus unserem Land vertrieben hätten.

# Ist das ein Nachwort?

Für dieses Büchlein habe ich, je nachdem, wie man rechnet, 64 Jahre oder sieben Wochen gebraucht. Es war schon immer mein Wunsch gewesen, ein – wenn man mir den hochtrabenden Ausdruck verzeihen möge – literarisches Werk zu Papier zu bringen, nichts Pseudo-Wissenschaftliches, mehr wäre dabei doch nicht herausgekommen. Man sagte mir das eine oder andere Mal, dass ich doch einfach damit anfangen solle. Das geht doch nicht, entgegnete ich, man muss doch eine Idee haben, ein Handlungsgerüst, Muße, Abstand von allem anderen und am besten allein auf einer Insel oder so. Aber es ging doch. Kann ich jedem nur zur Nachahmung empfehlen und meine literarischen Ergüsse dabei in den Schatten zu stellen, sollte doch nicht so schwierig sein, oder?

# Der Autor

Der Autor Stephan de Groote wurde 1957 im Städtchen Butzbach in Oberhessen geboren. Nach dem Abitur absolvierte er ein Jura-Studium und war dann auch lange Jahre als Jurist tätig. Am Ende seiner Berufslaufbahn ist er zu seinen Wurzeln – sprich Butzbach – zurückgekehrt, wo er nun seinen Ruhestand genießt.

De Groote ist vielsprachig und beherrscht neben Spanisch auch Portugiesisch, Italienisch und Englisch. Dieses Faible für Fremdsprachen erklärt wohl auch seine Lust zu reisen. Seine große Leidenschaft gilt aber seit jeher dem Lesen und hier vor allem dem fantastischen Genre. Das spiegelt sich auch in „Sava und andere fantastische Erzählungen" wider ... übrigens die erste „große" Veröffentlichung des Autors. In lokalen Magazinen hat de Groote nämlich schon etliche Texte veröffentlicht.

# Der Verlag

## Wer aufhört besser zu werden, hat aufgehört gut zu sein!

Basierend auf diesem Motto ist es dem novum Verlag ein Anliegen, neue Manuskripte aufzuspüren, zu veröffentlichen und deren Autoren langfristig zu fördern. Mittlerweile gilt der 1997 gegründete und mehrfach prämierte Verlag als Spezialist für Neuautoren in Deutschland, Österreich und der Schweiz.

**Für jedes neue Manuskript wird innerhalb weniger Wochen eine kostenfreie, unverbindliche Lektorats-Prüfung erstellt.**

Weitere Informationen zum Verlag und seinen Büchern finden Sie im Internet unter:

www.novumverlag.com

Zeitfracht Medien GmbH
Ferdinand-Jühlke-Straße 7
99095 Erfurt, Deutschland
produktsicherheit@kolibri360.de